Le château
des destins
croisés

Une table d'hôte — château ou taverne — c'est un des lieux de la tradition romanesque : chacun n'y va-t-il pas, après souper, de son récit ? Mais pour peu qu'un enchantement ait rendu tous les convives muets, que faire ? Sinon prendre un jeu de tarots et raconter son histoire à coups d'images comme seul support. Tel est le jeu et telle la règle.

« Le tableau est désormais entièrement couvert par les tarots et les récits. Même mon histoire y est comprise, bien que je ne sache plus dire laquelle c'est, tellement leur entrelacement simultané est épais. En fait, la tâche de déchiffrer les histoires une à une m'a fait jusqu'à présent négliger la particularité la plus saillante de notre mode de narration, à savoir que chaque récit court à la rencontre d'un autre récit et tandis qu'un des convives progresse sur sa lancée, un autre depuis l'autre bout avance en sens opposé, parce que les histoires racontées de gauche à droite ou de bas en haut peuvent aussi bien être lues de droite à gauche ou de haut en bas, et donc vice-versa, si on tient compte du fait que les mêmes cartes se présentent dans un ordre différent changent fréquemment de sens, et le même tarot sert dans le même temps à des narrateurs qui partent des quatre points cardinaux. »

Italo Calvino est entré dans les lettres en découvrant la Résistance à travers les yeux d'un gamin sans attaches. Prodigieusement intelligent, toujours ironique, inventeur lyrique et ne cessant de trouver des figures pour ce à quoi il revenait toujours, l'écriture, il a publié sous le titre collectif de « Nos ancêtres » trois romans : le Vicomte pourfendu, le Baron perché, le Chevalier inexistant *; des récits sur l'Italie moderne (*Aventures, la Journée d'un scrutateur*) ; des fictions entées sur la science (*Cosmicomics, Temps zéro*), sur les* *tarots* (le Château des destins croisés), *sur la ville* (les Villes invisibles) ; *un grand roman sur le lecteur de romans* (Si par une nuit d'hiver un voyageur…), *et un autoportrait ironique* (Palomar). *Il était également un essayiste aigu dont les interventions ont été recueillies dans* la Machine littérature *et dans* Collection de sable.

Italo Calvino

Le château
des destins
croisés

TRADUIT DE L'ITALIEN
PAR JEAN THIBAUDEAU ET L'AUTEUR

Éditions du Seuil

TEXTE INTÉGRAL

EN COUVERTURE :
Reine d'épée et Cavalier d'épée
Tarot de Bonifacio Bembo
Bergame-New York

Titre original : *Il Castello dei destini incrociati*
© 1973, Giulio Einaudi editore s.p.a., Torino
© The Estate of Italo Calvino

ISBN 2-02-008642-5
(ISBN 1ʳᵉ publication : 2-02-004381-5)

© 1976, Éditions du Seuil, pour la traduction française

Le château
des destins croisés

Le château.

Au milieu d'un bois touffu, un château offrait son refuge à tous ceux que la nuit avait surpris en chemin : dames et cavaliers, cortèges royaux et simples voyageurs.

Je franchis un pont-levis vermoulu, je mis pied à terre dans une cour obscure, des palefreniers silencieux prirent en charge mon cheval. J'étais tout essoufflé ; à peine si je pouvais me tenir sur mes jambes : depuis que j'avais pénétré dans le bois, telles avaient été les épreuves que j'avais dû affronter, rencontres, apparitions, duels, que je ne parvenais plus à retrouver un ordre dans mes mouvements ni dans mes pensées.

Je montai un grand escalier ; je me trouvai dans une salle haute et vaste : de nombreux personnages — sans doute eux aussi des hôtes de passage, qui m'avaient précédé sur les routes de la forêt — étaient assis là pour dîner, autour d'une longue table que des chandeliers éclairaient.

A ce spectacle, j'éprouvai une sensation bizarre, ou plutôt : deux sensations distinctes, qui se confondaient dans ma tête un peu brouillée et dérangée par la fatigue. Je me croyais tombé dans une cour fortunée, comme on ne pouvait en attendre d'un château aussi fruste et écarté ; ce à cause du mobilier précieux et des ciselures de la vaisselle, mais aussi du calme et de l'aise qui régnaient entre les convives, tous beaux de leur personne et vêtus avec une élégance recherchée. Dans le même temps, se faisait jour le sentiment d'un hasard et d'un désordre, sinon véritablement d'une licence : comme s'il se fût agi non pas d'une maison seigneuriale, mais d'un relais, où des gens qui ne se connaissent pas, de conditions et de pays divers, sont amenés à vivre ensemble pour une nuit, et dans cette promiscuité forcée chacun sent se défaire les règles auxquelles il se tient dans son milieu propre, et, comme il se résigne à un mode de vie moins confortable, de même se laisse aller à des façons plus libres et plus mêlées. En fait, ces deux impressions contradictoires pouvaient fort bien se rapporter à un seul et même objet : soit que le château, depuis de longues années fréquenté comme lieu d'étape et rien d'autre, fût tombé peu à peu au rang d'auberge, et que les châtelains, tout en conservant les gestes d'une noble hospitalité, se fussent vus relégués au rôle d'hôte et d'hôtesse ; soit qu'une taverne, comme on en voit souvent près des châteaux, au besoin des soldats et voituriers, eût occupé les antiques salles aristocratiques — depuis longtemps abandonnées — pour y installer ses bancs et ses barriques, et que la grandeur de ces lieux, avec le va-et-vient de clients illustres, lui eût conféré une dignité imprévue : telle qu'elle avait monté à la tête de l'hôte et de l'hôtesse, qui avaient fini par se prendre pour les suzerains de quelque fastueuse cour.

Ces pensées, à dire vrai, ne m'occupèrent qu'un instant ; plus forts étaient mon soulagement à me retrouver sain et sauf dans une compagnie choisie,

ma hâte d'entrer en conversation (sur un signe
d'invite de celui qui semblait être le châtelain — ou
l'hôte —, je m'étais assis à l'unique place laissée
libre), et d'échanger avec ces compagnons de
voyage les récits de nos aventures. Seulement, à ce
repas, à la différence de ce qu'il advient toujours
dans les auberges, et même dans les cours, personne ne disait mot. Quand un des dîneurs voulait
demander à son voisin de lui passer le sel ou le
gingembre, il le faisait d'un geste ; et pareillement,
c'était avec des gestes qu'il se retournait vers les
valets afin qu'ils lui découpent une tranche de
timbale de faisan ou lui versent une demi-pinte de
vin.

Je décidai de rompre ce que je croyais être un
engourdissement des langues après les fatigues du
voyage, et voulus lancer une bruyante exclamation
comme : « Bon ! » « A la bonne heure ! » « Quelle
chance ! » ; mais de ma bouche ne sortit aucun son.
Les tintements des cuillers, les bruits de verre et de
vaisselle me convainquaient pourtant que je n'étais
pas devenu sourd : je n'avais plus qu'à supposer
que j'étais muet. Ce que me confirmèrent les
convives, qui remuaient eux aussi les lèvres en
silence, d'un air gracieusement résigné : il était
clair que la traversée du bois nous avait coûté la
parole.

Le dîner achevé dans un mutisme que les bruits
de mâchoire et les claquements de langue des
amateurs de vin n'avaient pas rendu plus aimable,
nous demeurâmes assis à nous regarder en face,
gênés de ne pouvoir échanger les expériences que
chacun de nous avait à communiquer. A ce
moment-là, celui qui semblait être le châtelain
posa sur la table tout juste desservie un jeu de

cartes. C'étaient des tarots plus grands que ceux avec lesquels on joue ou que les bohémiennes utilisent pour prédire l'avenir, mais on y pouvait reconnaître à peu de chose près les mêmes figures, peintes dans les tons émaillés des miniatures les plus précieuses. Rois reines cavaliers et valets étaient tous jeunes et vêtus avec éclat comme pour une fête princière ; les vingt-deux arcanes majeurs faisaient penser aux tapisseries d'un théâtre de cour ; coupes deniers épées bâtons resplendissaient comme des devises héraldiques décorées de frises et de cartouches.

Nous nous mîmes à éparpiller les cartes, retournées, sur la table, comme pour apprendre à les reconnaître, et leur donner leur juste valeur dans le jeu, ou leur signification véritable pour la lecture du destin. Et pourtant, il ne semblait pas qu'aucun de nous eût envie d'entamer une partie, encore moins de se mettre à interroger l'avenir puisque nous paraissions mutilés d'avenir, comme retenus dans un voyage inachevé et qui ne s'achèverait pas. Nous voyions dans ces tarots autre chose : quelque chose qui nous empêchait de détourner nos yeux des tesselles de cette mosaïque dorée.

L'un des convives amena vers lui les cartes éparses, débarrassant ainsi une bonne partie de la table ; mais il ne les rassembla pas en un seul paquet ni ne les battit ; il prit une carte, et la posa devant lui. Nous notâmes tous la ressemblance de son visage avec celui de la figure peinte : il nous parut qu'avec cette carte il voulait dire « je » et qu'il s'apprêtait à nous raconter son histoire.

Histoire de l'ingrat puni.

Se présentant à nous sous les traits du *Cavalier de Coupe* — un jeune seigneur rose et blond qui déployait un manteau rayonnant de soleils brodés et, comme les Rois Mages, offrait dans sa main tendue un cadeau —, notre compagnon voulait probablement nous informer de sa riche condition, de son penchant au luxe et à la prodigalité, mais aussi — se montrant à cheval — de son esprit d'aventure ; encore qu'il fût — jugeai-je quant à moi, à observer toutes ces broderies jusque sur le caparaçon du destrier — poussé par le désir de paraître plutôt que par une vocation chevaleresque véritable.

Le beau jeune homme fit un geste comme pour nous demander toute notre attention, et il commença son récit muet en disposant sur un rang trois cartes : le *Roi de Deniers*, le *Dix de Deniers* et le *Neuf de Bâton*. L'expression de douleur avec laquelle il avait disposé la première, puis celle de joie avec laquelle il montra la suivante, semblaient vouloir nous faire comprendre que, son père étant venu à mourir — le *Roi de Deniers* représentait un personnage légèrement plus âgé que les autres,

d'aspect posé et prospère —, il était entré en
possession d'un héritage considérable et s'était
tout aussitôt mis en voyage. Nous déduisîmes cette
dernière proposition du mouvement de bras qu'il
eut pour jeter la carte du *Neuf de Bâton,* laquelle
— avec son enchevêtrement de branches posées
sur une rare végétation de feuilles et de petites
fleurs des champs — nous rappelait le bois que
nous venions de traverser. (Même, si on examinait
la carte d'un regard plus aigu, le segment qui croise
les bois obliques suggérait précisément la route qui
pénètre dans l'épaisseur de la forêt.)

Par conséquent, le début de l'histoire pouvait
être ceci : le cavalier, à peine eut-il appris qu'il
avait les moyens de briller dans les cours les plus
fastueuses, se hâta de se mettre en route avec une
bourse pleine d'or, afin de visiter les plus fameux
châteaux des alentours, formant peut-être le projet
d'y conquérir une épouse de haut rang ; et c'est en
caressant ces rêves, qu'il s'était engagé dans le
bois.

A ces cartes ainsi disposées, il en ajouta une qui
bien certainement annonçait une vilaine rencontre : *La Force.* Dans notre jeu de tarots, cet arcane
était représenté par un énergumène armé, sur les
mauvaises intentions duquel ne laissaient aucun
doute une expression brutale, une masse brandie
en l'air, et la violence avec laquelle il étendait au
sol un lion, d'un coup sec, comme on fait avec les
lapins. Le conte était clair : au cœur du bois, le
cavalier avait été surpris par l'embuscade d'un
féroce brigand. Les plus tristes prévisions furent
confirmées par la carte qui vint ensuite, c'est-à-
dire l'arcane douzième, dit *Le Pendu,* où l'on
voit un homme en culotte et chemise, laissé la tête

en bas, attaché par un pied. Nous reconnûmes
notre jeune homme blond : le brigand l'avait
dépouillé de tout ce qu'il avait, puis laissé pendre à
une branche.

Nous eûmes un soupir de soulagement à la
nouvelle que nous apporta *La Tempérance,* posée
sur la table par notre compagnon avec une expression de reconnaissance. Nous apprîmes ainsi que
l'homme suspendu avait entendu approcher un pas
et ses yeux renversés avaient vu une jeune fille,
peut-être la fille d'un bûcheron ou d'un chevrier,
qui s'avançait, jambes nues, à travers prés, portant
deux cruches d'eau, et sans doute revenant de la
fontaine. Nous ne doutâmes pas que l'homme à la
tête en bas serait libéré secouru et rendu à sa
position naturelle par cette simple fille des bois.
Lorsque nous vîmes tomber l'*As de Coupe,* sur
lequel était dessinée une fontaine dont l'eau cou-
rait parmi les mousses fleuries et les battements
d'ailes, ce fut comme si nous avions entendu tout
près le gargouillement d'une source et le halète-
ment d'un homme à plat ventre, qui se désalté-
rait.

Mais il y a des fontaines — l'un de nous sans
doute le pensa — qui, à peine on y boit, aggravent
la soif, plutôt qu'elles ne l'apaisent. Il était prévi-
sible qu'entre les deux jeunes gens s'allumerait —
dès que le cavalier aurait vaincu son vertige — un
sentiment allant au-delà de la gratitude (pour l'un)
et de la compassion (pour l'autre), et que ce
sentiment trouverait — avec la complicité de
l'ombre du bois — tout aussitôt son mode d'expression, en une étreinte sur l'herbe des prés. Ce
ne fut pas pour rien que la carte qui vint ensuite fut
un *Deux de Coupe* orné du carton « mon amour »

et fleuri de ne-m'oubliez-pas : indice plus que probable d'une rencontre amoureuse.

Déjà nous nous disposions — et en premier lieu les dames de la compagnie — à savourer la suite d'une tendre histoire d'amour, quand le cavalier posa une autre carte de *Bâton,* un *Sept,* où il nous sembla voir s'éloigner au travers des troncs obscurs de la forêt son ombre minuscule. Il n'y avait pas à nourrir l'illusion que les choses fussent allées autrement : l'idylle sylvestre avait été brève, pauvre jeune fille, la fleur prise sur le pré et y abandonnée, l'ingrat cavalier ne se retourne même pas pour lui dire au revoir.

Arrivé là, il était clair qu'une deuxième partie de l'histoire commençait, après, peut-être bien, un intervalle de temps : la narrateur en effet avait commencé à disposer une nouvelle rangée de tarots, à côté de la première, sur la gauche, en posant là deux cartes, *L'Impératrice* et le *Huit de Coupe.* Le brusque changement de scène nous laissa un instant déconcertés : mais la solution ne tarda pas à s'imposer — je pense — à tous : à savoir, que le cavalier avait fini par trouver ce qu'il était parti chercher, une épouse de haut et opulent lignage, telle que nous la voyions là figurée, une tête véritablement couronnée, avec son écusson de famille et sa face insipide — et même, un peu plus âgée que lui, c'est ce que notèrent les moins gentils d'entre nous — et son vêtement tout brodé d'anneaux entrecroisés comme pour dire : « épouse-moi épouse-moi ». Requête promptement satisfaite, s'il est vrai que la carte de *Coupe* suggérait un repas de noces, avec deux rangs d'invités qui buvaient à la santé des mariés assis au bout d'une table à la nappe fleurie.

La carte qui ensuite fut posée, le *Cavalier d'Épée,* annonçait, survenant en tenue de guerre, un personnage imprévu : ou bien un messager à cheval avait fait irruption au milieu de la fête, y apportant une nouvelle inquiétante, ou bien le marié en personne avait, à un mystérieux appel, quitté le repas de noces pour accourir en armes dans le bois, ou peut-être étaient-ce les deux à la fois : le marié avait été averti d'une apparition imprévue et aussitôt il avait pris les armes et sauté à cheval. (Rendu prudent par l'aventure passée, il ne mettait plus le nez dehors sans s'être armé de pied en cap.)

Nous attendions avec impatience une carte plus explicative ; et ce fut *Le Soleil.* Le peintre avait représenté l'astre du jour entre les mains d'un enfant qui court, ou même qui vole, au-dessus d'un paysage vaste et varié. L'interprétation de ce passage du récit n'était pas aisée : ce pouvait vouloir simplement dire « c'était par une belle journée ensoleillée » et en ce cas notre narrateur gaspillait ses cartes pour rapporter des détails sans importance. Mais peut-être convenait-il de s'arrêter, plutôt qu'à la signification allégorique, au sens littéral : un enfant à demi-nu avait été vu courant dans le voisinage du château où l'on célébrait les noces, et c'était pour suivre ce gamin que le marié avait déserté le repas.

Il ne fallait pas négliger non plus l'objet que l'enfant transportait : cette tête rayonnante pouvait renfermer la solution de l'énigme. Revenant du regard à la carte par laquelle notre héros s'était présenté, nous repensâmes aux dessins ou broderies en forme de soleils qu'il portait sur son manteau quand il avait été attaqué par le brigand :

peut-être ce manteau, que le cavalier avait oublié sur le pré de ses rapides amours, avait-il été vu déployé au-dessus de la campagne, tel un cerf-volant, et c'était pour le récupérer que notre héros s'était lancé à la poursuite du gamin ; ou bien poussé par la curiosité de savoir comment il avait bien pu finir là, autrement dit quels liens il y avait entre ce manteau, l'enfant et la jeune fille du bois.

Nous espérions que la carte suivante allait débrouiller ces questions, et quand nous vîmes que c'était *La Justice,* nous fûmes persuadés qu'en cet arcane — qui ne montrait pas seulement, comme dans les jeux de tarots ordinaires, une femme avec l'épée et la balance, mais aussi, dans le fond (ou bien, selon la manière dont on le regardait, au couronnement de la figure principale), un guerrier (ou une amazone ?) à cheval et en armure, qui monte à l'assaut — se trouvait inclus un des chapitres les plus riches en péripéties de notre histoire. Il ne nous restait plus qu'à risquer des conjectures. Par exemple : alors qu'il allait rejoindre le gamin avec son cerf-volant, le poursuivant s'était vu barrer la route par un autre cavalier, armé de pied en cap.

Que pouvaient-ils s'être dit ? En tout cas pour commencer :

— Qui va là ?

Et le cavalier inconnu avait découvert son visage, un visage de femme dans lequel notre compagnon avait reconnu sa libératrice du bois, plus mûre à présent, résolue et calme, avec à peine indiqué sur ses lèvres un sourire mélancolique.

— Mais que me veux-tu ? avait-il dû lui demander alors.

— Justice ! avait dit l'amazone.

(La balance précisément suggérait cette réponse.)

Mieux. A y bien penser, la rencontre pouvait s'être passée ainsi : une amazone à cheval était sortie du bois, en chargeant (figure au fond ou du couronnement), et lui avait crié :

— Halte-là ! Sais-tu qui tu poursuis ?

— Qui donc ?

— Ton fils ! avait dit la guerrière découvrant son visage (voir figure du premier plan).

— Que puis-je faire ? avait demandé notre héros, pris d'un remords immédiat mais tardif.

— Affronter la justice — (*balance*) — de Dieu. En garde !

Et elle avait brandi l'*épée*.

« Maintenant il va nous raconter le duel », pensai-je, et en effet, la carte jetée à ce moment-là fut le ferraillant *Deux d'épée*. Les feuilles tailladées volaient en l'air et les plantes grimpantes s'enroulaient autour des armes. Mais le regard défait que le narrateur posait sur cette carte ne laissait aucun doute quant au dénouement : son adversaire se révélait une lame aguerrie ; c'était à lui, à présent, de gésir tout sanglant au milieu du pré.

Il revient à lui, ouvre les yeux, et que voit-il ? (C'était la mimique — un peu emphatique, à vrai dire — du narrateur qui nous invitait à attendre l'arcane suivant comme une révélation.) *La Papesse* : mystérieuse figure monacale couronnée. Avait-il été secouru par une religieuse ? Les yeux avec lesquels il fixait la carte étaient encore emplis d'épouvante. Une sorcière ? Il levait des mains suppliantes dans un geste de terreur sacrée. La grande prêtresse d'un culte secret et sanguinaire ?

— Sache qu'en la personne de cette enfant tu as offensé — (que pouvait lui avoir dit d'autre la papesse, pour provoquer en lui cette grimace terrifiée ?) — tu as offensé Cybèle, la déesse à qui ce bois est consacré. A présent, te voici tombé entre nos mains.

Et que pouvait-il avoir répondu, sinon dans un bégaiement implorant :

— J'expierai, je réparerai, grâce…

— A présent, tu appartiens au bois. Qui est perte de soi, mélange. Pour t'unir à nous tu dois te perdre, te dépouiller de tes attributs propres, te démembrer, te fondre dans l'indifférencié, t'unir à la bande des Ménades qui courent en hurlant à travers bois.

— Non !

C'était le cri que nous vîmes sortir de sa gorge muette : mais déjà la dernière carte achevait le récit, et c'était le *Huit d'Épée* : les lames coupantes des sectatrices échevelées de Cybèle s'étaient abattues sur lui et le déchiraient.

Histoire de l'alchimiste qui vendit son âme.

L'émotion causée par ce récit ne s'était pas encore dissipée qu'un autre des convives fit signe qu'il voulait raconter à son tour. Un passage, surtout, de l'histoire du cavalier, semblait avoir attiré son attention, ou plutôt l'une des rencontres fortuites entre tarots des deux rangées : celle de l'*As de Coupe* et de *La Papesse*. Pour indiquer qu'il se sentait personnellement concerné par cette rencontre, il avança à hauteur des deux cartes, sur la droite, la figure du *Roi de Coupe* (qui pouvait passer pour un portrait de lui jeune et — en vérité — exagérément flatteur) et sur la gauche, prolongeant cette rangée horizontale, un *Huit de Bâton*.

La première interprétation qui venait à l'esprit pour cette séquence, si l'on continuait d'attribuer à la fontaine une aura voluptueuse, c'était que notre compagnon avait eu des rapports amoureux avec une religieuse dans un bois. Ou encore, qu'elle lui avait copieusement offert à boire, étant donné que la fontaine semblait prendre sa source, à la bien regarder, dans un petit tonneau, au sommet d'un pressoir. Mais à voir la fixité mélancolique de son visage, l'homme semblait plutôt absorbé dans des spéculations d'où non seulement les passions char-

nelles mais jusqu'aux moindres plaisirs de la table ou de la cave étaient assurément absents. Ce devaient être de hautes méditations que les siennes, encore que l'aspect malgré tout mondain de sa figure ne laissât pas de doute sur le fait qu'elles fussent tournées vers la Terre et non vers le Ciel. (Et donc une autre interprétation tombait : que dans la fontaine, il fallût voir un bénitier.)

Une hypothèse m'apparut la plus probable (et comme à moi-même, j'imagine, à d'autres silencieux spectateurs) : cette carte représentait la Fontaine de Vie, le point suprême de la quête de l'alchimiste, et notre compagnon était lui-même l'un de ces savants qui sondent alambics et serpentins, matras et cornues, athanors et aludels (dans le genre de l'ampoule compliquée que sa figure en vêtements royaux tenait à la main), pour arracher à la nature ses secrets, particulièrement celui de la transformation des métaux.

C'était à croire que depuis sa plus tendre jeunesse (telle était la signification du portrait aux traits adolescents, qui cependant pouvait encore faire allusion à l'élixir de longue vie) il n'avait connu d'autre passion (la fontaine restait par là, somme toute, un symbole amoureux) que la manipulation des éléments, et avait au long des années attendu de voir le roi jaune du monde minéral se dégager de ragoûts de soufre et de mercure, précipiter lentement en dépôts opaques, qui chaque fois se révélaient n'être que vile limaille de plomb : la lie d'une poix verdâtre. Dans cette recherche, il avait fini par demander l'aide et le conseil de ces femmes qu'on rencontre parfois dans les bois, expertes en philtres et mélanges magiques, vouées aux arts de la sorcellerie et de la

divination (celle par exemple qu'avec un supersti-
tieux respect il désignait comme *La Papesse*).

L'Empereur, qui vint ensuite, pouvait précisément se rapporter à une prophétie de la sorcière du
bois :

— Tu deviendras l'homme le plus puissant du
monde.

Nous n'avions pas à être surpris si notre alchimiste s'était monté la tête et avait attendu, jour
après jour, quelque extraordinaire changement
dans le cours de sa vie. Cet événement, je l'attendais de la carte suivante : et ce fut l'énigmatique
arcane numéro un, dit *Le Bateleur,* dans lequel
certains reconnaissent un charlatan ou un mage
appliqué en ses exercices.

Donc, notre héros, levant les yeux, avait vu un
mage installé à sa table, en face de lui, qui
manipulait ses alambics et ses cornues.

— Qui êtes-vous ? Que faites-vous ici ?

— Regarde ce que je fais, avait dit le mage en
montrant une boule de verre sur un fourneau.

Le regard ébloui avec lequel notre compagnon
jeta un *Sept de Deniers* ne laissa aucun doute sur ce
qu'il avait vu : la splendeur de toutes les mines de
l'Orient devant lui étalée.

— Tu peux me donner le secret de l'or ? avait-il
dû demander au charlatan.

La carte suivante était un *Deux de Deniers* :
signe — on pouvait le penser — d'un échange, d'un
achat et d'une vente, d'un troc.

— Je te le vends ! devait avoir répliqué le
visiteur inconnu.

— Que veux-tu en contrepartie ?

La réponse que tous prévoyaient était :
« l'âme ! » mais nous n'en fûmes pas certains tant

Le Diable

que le narrateur n'eut pas retourné une nouvelle carte (et il hésita un moment avant de le faire, la plaçant non à la suite de l'autre mais à côté, commençant une nouvelle rangée en sens contraire), et cette carte était *Le Diable*, c'est-à-dire qu'il avait reconnu en la personne du charlatan le vieux prince de tout mélange et de toute ambiguïté — de la même façon que nous, à présent, reconnaissions Faust en notre compagnon.

— L'âme ! avait donc répondu Méphistophélès.

Un concept qui ne se peut représenter autrement que par la figure de Psyché, cette jeune fille dont la lumière éclairait les ténèbres : telle qu'on la voit dans l'arcane de *L'Étoile*. Le *Cinq de Coupe* qui nous fut ensuite montré pouvait se lire aussi bien comme le secret alchimique révélé par le Diable à Faust, que comme un toast concluant le pacte, ou encore les cloches qui de leurs tintements mettent en fuite le visiteur infernal. Mais nous pouvions aussi y entendre un discours sur l'âme, et sur le corps comme vase de l'âme. (L'une des cinq coupes était peinte couchée, comme si elle eût été vide.)

— L'âme ? devait avoir répondu notre Faust. Et si moi je n'avais pas d'âme ?

Mais peut-être n'était-ce pas pour une âme individuelle que se dérangeait Méphistophélès.

— Avec cet or tu construiras une cité, disait-il à Faust. C'est l'âme de la cité tout entière que je veux en échange.

— Affaire conclue.

Et le Diable alors pouvait disparaître avec un rire malin qui ressemblait à un hululement : en vieux familier des clochers, habitué à contempler, perché sur une gouttière, l'étendue des toits, il savait que les villes ont des âmes mieux incarnées et plus durables que toutes celles de leurs habitants réunis.

Maintenant il restait à interpréter *La Roue de la Fortune,* une des images les plus compliquées de tout le jeu de tarots. Elle pouvait vouloir simplement dire que la fortune avait tourné du côté de Faust, mais l'explication paraissait bien grosse pour la façon de parler de l'alchimiste, toujours elliptique et allusif. En revanche, il était légitime de supposer que notre docteur, en possession du secret diabolique, avait conçu un projet démesuré : transformer en or tout ce qui était transformable. La roue de l'arcane dixième aurait alors représenté, littéralement, les rouages à l'œuvre au sein du Grand Moulin de l'Or, le gigantesque mécanisme qui devait ériger la Métropole Tout Entière de Métal Précieux ; et les figures humaines de différents âges, qu'on voyait pousser la roue ou tourner avec elle, étaient là pour indiquer les foules humaines qui accouraient prêter main-forte au projet et employaient les années de leurs vies à faire tourner ces rouages jour et nuit. Si cette interprétation ne rendait pas compte de tous les détails de la miniature (par exemple, les oreilles et les queues animales qui décoraient quelques-uns des êtres humains tournoyants), elle constituait une base pour lire à la suite les cartes de *Coupes* et de *Deniers* comme désignant le Règne de l'Abondance dans quoi nageaient les habitants de la Cité de l'Or (les cercles jaunes évoquaient peut-être les resplendissantes coupoles de gratte-ciel d'or qui bordaient les rues de la Métropole).

Et le prix à payer, quand reviendrait le Partenaire Bifide ? Les deux dernières cartes de l'his-

toire étaient déjà sur la table, disposées là par le premier narrateur : Le *Deux d'Épée* et *La Tempérance*. Aux portes de la Cité de l'Or, des gardes armés barraient le passage à quiconque voulait entrer, afin d'en interdire l'accès à L'Encaisseur Pied-Fourchu, sous quelque aspect qu'il dût se présenter. Même si n'approchait qu'une simple enfant, comme sur la toute dernière carte, les gardes lui intimaient l'ordre de s'arrêter.

— C'est bien inutilement que vous fermez vos portes, telle était la réplique qu'on pouvait attendre de la porteuse d'eau : pour moi, je me garderai bien d'entrer dans une Cité qui est toute de métal compact. Nous autres, habitants de l'élément fluide, ne visitons jamais que ce qui se mêle et qui court.

Était-ce une nymphe aquatique ? Était-ce une reine des elfes de l'éther ? Un ange du feu liquide qui brûle au centre de la Terre ?

(Dans *La Roue de la Fortune*, à y bien regarder, les métamorphoses animales n'étaient peut-être que le premier pas dans une régression de l'humain au végétal puis au minéral.)

— Que crains-tu, que nos âmes tombent entre les mains du Diable ? avaient dû demander ceux de la Cité.

— Non : plutôt que vous n'ayez pas d'âmes à lui donner.

Histoire de l'épouse damnée.

Je ne sais pas combien d'entre nous réussirent à déchiffrer d'une manière ou d'une autre cette histoire, sans se perdre dans toutes ces méchantes cartes de Coupe et de Deniers qui tombaient précisément quand nous désirions le plus une claire illustration des faits. La communicativité du narrateur était faible, peut-être parce que ses dispositions le portaient davantage à la rigueur de l'abstraction qu'à la transparence des images. Bref, certains d'entre nous se laissaient distraire ou arrêter par des rencontres particulières de tarots et ne réussissaient pas à le suivre plus avant.

Par exemple, un guerrier au regard mélancolique s'était emparé avec hésitation d'un *Valet d'Épée* qui lui ressemblait fort et d'un *Sept de Bâton*, puis il les avait approchés du *Sept de Deniers* et de *L'Étoile* comme s'il voulait dresser une rangée verticale pour son propre compte.

Peut-être que pour lui, soldat égaré dans le bois, ces cartes suivies de *L'Étoile* signifiaient un scintillement comme de feux follets qui l'avait attiré dans une clairière entre les arbres, où lui était apparue une jeune fille à la pâleur stellaire qui tournait dans

la nuit en chemise et les cheveux dénoués, levant haut un cierge allumé.

Quoi que ce fût, il continua impavide sa rangée verticale et posa deux cartes d'*Épée* : un *Sept* et une *Reine,* rencontre par elle-même difficile à interpréter, mais qui peut-être appelait quelque dialogue de ce genre :

— Noble cavalier, je t'en supplie, défais-toi de tes armes et de ta cuirasse, et permets que je les prenne. (Sur la miniature, la *Reine d'Épée* porte une armure complète, brassards, coudes, gantelets : sous-vêtement de fer qui déborde l'ourlet de ses manches de soie blanche.) Par étourderie, je me suis promise à quelqu'un dont à présent je hais les attouchements et qui va venir cette nuit me réclamer à l'exécution de ma promesse ! Entends-le qui arrive ! Si je suis armée, il ne pourra pas se saisir de moi. Allons, sauve une enfant persécutée !

Que notre guerrier eût promptement consenti, il n'y avait pas à en douter. Son armure endossée, voici la pauvrette qui se transforme en reine de tournoi, pavane, fait la chatte. Un sourire de joie sensuelle anime la pâleur de son visage.

Mais ici encore commençait un embrouillamini de coups où c'était un problème de se retrouver : un *Deux de Bâtons* (pour signaler un carrefour ? un choix ?), un *Huit de Deniers* (un trésor caché ?), un *Six de Coupe* (un repas amoureux ?).

— Ta courtoisie mérite récompense, avait dû dire la femme des bois. Choisis ce que tu préfères : je peux te donner la richesse, ou bien...

— Ou bien ?

— ... Je peux me donner à toi.

La main du guerrier lança la carte de *Coupe* : il avait choisi l'amour.

Pour la suite du récit, nous devions faire travailler nos imaginations : lui était déjà nu, elle, délaçait l'armure tout juste passée, et au travers des plaques de bronze notre héros parvenait à un sein tendu rond et tendre, il s'insinuait entre l'acier du cuissard et une cuisse tiède…

Le soldat était d'un caractère réservé et pudique, et il ne s'étendit pas sur les détails : tout ce qu'il sut dire, ce fut de placer à côté de la carte de *Coupe* une carte dorée de *Deniers,* en soupirant, comme s'il s'était exclamé : « Il me parut que j'entrais au Paradis… »

La carte qu'il posa ensuite confirmait cette image du seuil du Paradis, mais dans le même temps elle interrompait net l'abandon voluptueux : c'était *Le Pape,* un pape à la barbe blanche et sévère, tel le premier des pontifes, à présent gardien de la Porte du Ciel.

— Qui parle de Paradis ?

Très loin au-dessus du bois, au milieu du ciel, était apparu saint Pierre, trônant et tonnant :

« A celle-ci pour l'éternité notre porte est fermée ! »

La façon dont le narrateur déposa une nouvelle carte, d'un geste rapide mais en la tenant cachée, et en se masquant les yeux de l'autre main, nous préparait à une révélation : celle-là même qui s'était présentée à lui quand, baissant le regard devant ce seuil céleste menaçant, il l'avait reporté sur la dame entre les bras de qui il était blotti et qu'il avait vu le gorgerin encadrer non plus la tête de colombe amoureuse, les malicieuses fossettes et le petit nez au-dessus, mais une barrière de dents sans gencives ni lèvres, deux narines creusées dans l'os, et les pommettes jaunâtres d'un crâne, et il

Le Diable

avait senti mêlés aux siens les membres desséchés d'un cadavre.

L'apparition glaçante de l'Arcane Numéro Treize (la légende *La Mort* n'y figure pas, même dans les jeux de cartes où tous les arcanes majeurs portent écrit leur nom) avait rallumé chez nous tous l'impatience de connaître la fin de l'histoire. Le *Dix d'Épée* qui venait à présent était-il la barrière des archanges qui interdit à l'âme damnée l'accès du ciel ? Le *Cinq de Bâton* annonçait-il un pas entre les arbres ?

A cet endroit, la rangée de cartes rejoignait *Le Diable* qui avait été posé là par le narrateur précédent.

Je n'avais pas besoin d'interroger les comètes pour comprendre qu'était sorti de sous les arbres le fiancé tellement craint par la défunte promise : Belzébuth en personne. Qui s'exclamait :

— Fini, ma jolie, de tricher au jeu ! Pour moi, toutes tes armes et tes armures (*Quatre d'Épée*) ne valent pas deux sous (*Deux de Deniers*) !

Et de l'emporter tout droit sous terre.

Histoire du voleur de tombes.

Une sueur froide n'avait pas séché dans mon dos que déjà je devais suivre un autre convive, pour qui le carré *Mort, Pape, Huit de Deniers, Deux de Bâton,* semblait éveiller d'autres souvenirs, à en juger d'après la manière qu'il avait de tourner du regard autour, en se tordant le cou, comme s'il n'avait su par où y entrer. Quand celui-là posa à côté le *Valet de Deniers,* figure dans laquelle il était facile de reconnaître son air d'arrogance provocatrice, je compris que lui aussi voulait raconter quelque chose, en partant de là, et qu'il s'agissait de sa propre histoire.

Mais qu'avait-il à voir, ce petit jeune homme gouailleur, avec le macabre règne des squelettes évoqué par l'Arcane Numéro Treize ? Il n'était certainement pas du genre à se promener en méditant dans les cimetières, à moins qu'il n'y fût attiré par quelque louche propos : par exemple, forcer les tombes pour y dérober aux morts des objets précieux qu'ils auraient inconsidérément emportés avec eux dans leur dernier voyage…

Ce sont habituellement les Grands de la Terre

qui sont enterrés au milieu des attributs de leur
règne, couronnes d'or, anneaux, sceptres, vêtements plaqués d'argent. Si le jeune homme était
véritablement un voleur de tombes, il devait chercher dans les cimetières les sépultures les plus
illustres, la tombe d'un *Pape* par exemple, étant
donné que les souverains pontifes descendent au
tombeau avec toute la splendeur de leurs orne-
ments. Le voleur, par une nuit sans lune, avait dû
soulever le lourd couvercle de la tombe en faisant
levier avec le *Deux de Bâton,* et il était descendu
dans le caveau.

Et ensuite ? Le narrateur posa un *As de Bâton* et
fit un large signe ascendant, comme pour quelque
chose qui monte : un instant, je me demandai si je
ne m'étais pas tout à fait perdu dans mes déduc-
tions, tellement ce geste semblait en contradiction
avec la plongée du voleur dans la tombe papale. A
moins de supposer que ne se soit dressé hors du
sépulcre à peine ouvert un tronc d'arbre tout droit
et très élevé, et que le voleur y ait grimpé, ou
encore qu'il se soit senti transporté là-haut, à la
cime de l'arbre, entre les branches, dans l'épaisseur de la chevelure végétale.

Heureusement, celui-là, si ç'avait été un gibier
de potence, du moins, pour ce qui était de raconter
son histoire, il ne se contentait pas d'aligner des
tarots (il procédait par paires, les plaçant sur un
double rang horizontal, en avançant de gauche à
droite), il s'aidait d'une gesticulation exacte, qui
simplifiait un peu notre travail. Ainsi je réussis à
comprendre qu'avec le *Dix de Coupe* il voulait
signifier le cimetière vu d'en haut, tel que lui-
même le contemplait du haut de l'arbre, avec tous
les tombeaux alignés sur leurs socles le long des

allées. Cependant que *Le Jugement* (où des anges entourant le trône céleste sonnent la diane qui ouvre les tombes) était peut-être là pour souligner le fait qu'il regardait les tombes d'en haut, comme les habitants du ciel au Grand Jour.

Sur la cime de l'arbre, en y grimpant comme un gamin, notre héros parvint dans une cité suspendue. C'est ainsi que je crus quant à moi pouvoir interpréter l'arcane suprême, *Le Monde,* qui dans ce jeu de tarots représente une cité qui flotte sur les eaux ou les nuages, soulevée par deux amours ailés. C'était une cité dont les toits touchaient à la voûte du ciel ainsi qu'autrefois la tour de Babel (*La Maison-Dieu*), telle que nous la montra, tout de suite après, un autre arcane.

La Maison-Dieu

— Qui descend dans l'abîme de la Mort et monte ensuite à l'Arbre de la Vie (c'est par ces mots, imaginais-je, que fut accueilli le pèlerin involontaire) arrive dans la Cité du Possible, d'où on contemple le Tout et où se décident les Choix.

Ici, les mimiques du narrateur ne nous aidaient plus et il fallait avancer à coups d'hypothèses. On pouvait imaginer qu'ayant pénétré dans la Cité du Tout et des Parties, notre vaurien s'était entendu apostropher :

— Veux-tu la richesse (*Deniers*) ou la force (*Épée*) ou bien la sagesse (*Coupe*) ? Choisis, allez !

C'était un archange de fer radieux (*Cavalier d'Épée*) qui lui lançait cette question, et notre héros, aussitôt criait :

— Je choisis la richesse ! (*Deniers.*)

— Tu auras du *Bâton* !

Telle avait été la réponse de l'archange à cheval,

tandis que la cité et l'arbre se dissolvaient en fumée et que dans un écroulement de branches cassées le voleur était précipité au milieu du bois.

Histoire de Roland
fou d'amour.

A présent, les tarots disposés sur la table formaient un tableau complètement fermé, avec au centre une fenêtre restée vide. L'un de nos compagnons qui jusqu'alors avait paru un peu ailleurs, le regard perdu, se pencha par-dessus. Celui-là était un guerrier gigantesque ; il levait des bras qu'on aurait dits de plomb, et tournait la tête lentement comme si le poids de ses pensées lui avait fendu la nuque. Très certainement, un profond désespoir pesait sur le capitaine qui avait dû se montrer, il n'y avait pas si longtemps, un meurtrier foudre de guerre.

La figure du *Roi d'Épée* qui essayait de rendre en un seul portrait son passé combattant et sa mélancolie présente, fut amenée par lui sur le côté gauche du carré, à hauteur du *Dix d'Épée*. Et aussitôt nos yeux furent comme aveuglés par le nuage de poussière des batailles, nous entendions le son des trompes, déjà les lances volaient en éclats, déjà au museau des chevaux qui se heurtaient se mêlaient les écumes iridescentes, déjà les épées s'abattaient tantôt du tranchant tantôt du plat tantôt sur le tranchant tantôt sur le plat d'autres épées, et là où un cercle d'ennemis bien vivants se dressaient sur leur selle pour trouver en

redescendant, au lieu de leur cheval, le tombeau, au milieu du cercle — là il y avait le paladin Roland qui faisait tournoyer sa Durandal. Nous l'avions reconnu, c'était bien lui qui nous racontait son histoire, toute de tourments et déchirements, en appuyant sur chaque carte un lourd doigt de fer.

Il montrait maintenant la *Reine d'Épée*. En cette figure d'une dame blonde qui offre, au milieu des lames effilées et des plaques de métal, l'insaisissable sourire d'un jeu sensuel, nous reconnûmes Angélique, la magicienne venue de Cathay pour la ruine des armées franques, et nous fûmes certains que le comte Roland en était encore amoureux.

Après elle, s'ouvrait le vide : Roland y posa une carte : le *Dix de Bâton*. Nous vîmes la forêt s'écarter à contrecœur à mesure que le champion y avançait, les aiguilles des sapins se tendre comme des piquants de hérisson, les chênes gonfler un thorax musculeux, les hêtres arracher du sol leurs racines pour lui barrer le passage. Le bois tout entier semblait lui dire :

— N'y va pas ! Pourquoi désertes-tu le métal des camps de guerre, règne du discontinu et du distinct, le carnage qui t'agrée, où excelle ton talent pour tout décomposer et exclure ? pourquoi t'aventures-tu dans la verte et mucilagineuse nature, entre les spires de la continuité vivante ? Le bois d'amour, Roland, n'est pas un lieu pour toi ! Te voilà qui poursuis un ennemi contre les pièges duquel il n'est pas d'écu qui te protège. Oublie Angélique ! Retourne sur tes pas !

Mais il est bien certain que Roland ne prêtait pas l'oreille à ces avertissements et qu'une unique vision l'occupait : celle représentée par l'arcane numéro VII, et qu'il posait alors sur la table :

c'est-à-dire *Le Chariot*. L'artiste, qui avait enlu-
miné de splendides tons émaillés nos tarots, avait
mis à conduire *Le Chariot* non pas comme on en
voit d'habitude dans les jeux plus communs un roi,
mais une dame en habits de magicienne ou de
souveraine orientale, tenant les rênes de deux
blancs chevaux ailés. C'était ainsi que l'imagination déréglée de Roland se figurait la marche
enchantée d'Angélique à travers bois, c'était une
empreinte de sabots volants qu'il suivait, plus
légers que pattes d'insectes, et c'était un poudroie-
ment d'or sur les feuilles, tel qu'en laissent tomber
certains papillons, la trace qui le guidait entre les
arbres.

Le malheureux ! Il ne savait pas qu'au plus
touffu du plus touffu une étreinte douce et languis-
sante unissait pendant ce temps Angélique et
Médor. Il fallut l'arcane de *L'Amoureux* pour le lui
révéler, avec toute cette langueur du désir que
notre miniaturiste avait su donner aux regards des
deux amants. (Nous commençâmes à comprendre
qu'avec ses mains de fer et son air hébété, Roland
depuis le début avait gardé pour lui les plus beaux
tarots, laissant les autres raconter petitement leurs
vicissitudes à coups de deniers, de coupes, de
bâtons et d'épées.)

La vérité se fit dans l'esprit de Roland : au fond
humide du bois femelle, il y a un temple d'Éros où
d'autres valeurs ont cours que celles où c'est sa
Durandal qui tranche. L'élu d'Angélique n'était
pas un illustre commandant d'escadron mais un
petit jeune homme de la troupe, svelte et mignon
comme une fille ; sa figure agrandie apparut sur la
carte qui suivait : le *Valet de Bâton*.

Où les amants avaient-ils fui ? Où qu'ils fussent

allés, la substance dont ils étaient faits était trop
fine et trop glissante pour donner prise aux grandes
mains de fer du paladin. Quand il ne douta plus de
la fin de ses espérances, Roland eut quelques
gestes désordonnés — dégainer son épée, donner
des coups d'éperons, se dresser sur ses étriers —,
puis quelque chose en lui se cassa, sauta, s'alluma
et fondit, et tout d'un coup s'éteignit la lumière de
l'intelligence, et il demeura dans le noir.

A présent, le pont tracé avec des cartes à travers
le vide touchait au côté opposé, à hauteur du
Soleil. Un petit amour s'enfuyait en volant, portant
au loin la lumière de la sagesse de Roland, et il
planait au-dessus de la terre de France attaquée
par les Infidèles, au-dessus de la mer que les
galères sarrasines pourraient impunément labou-
rer, maintenant que le plus solide champion de la
chrétienté gisait à terre, dans les ténèbres de la
démence.

La Force fermait la série. Je fermai quant à moi
les yeux. Le cœur me manquait à la vue de cette
fleur de chevalerie transformée en aveugle explo-
sion tellurique, tel un cyclone ou un tremblement
de terre. De même que jadis les troupes mahomé-
tanes avaient été fauchées par Durandal, ainsi à
présent le tourbillon de sa massue s'abattait sur les
bêtes féroces qui dans le désordre des invasions
étaient passées d'Afrique sur les côtes de Provence
et de Catalogne ; un manteau de fourrures de
félins, fauves bigarrés tachetés, recouvrirait bientôt les champs transformés en désert partout où il
passait ; ni le lion prudent ni le tigre longiligne ni le
léopard rétractile ne survivraient au massacre.
Ensuite il s'attaquerait à l'oliphant, à l'otorhinocé-
ros et au cheval-des-fleuves, autrement dit l'hippo-

potame : un tapis de peaux de pachydermes s'épaissirait sur une Europe calleuse et desséchée.

Le doigt inexorablement précis du narrateur revint au début, c'est-à-dire qu'il se mit à épeler la rangée d'en dessous, en commençant par la gauche. Je vis (et j'entendis) éclater le tronc des chênes déracinés par le possédé dans le *Cinq de Bâton,* je regrettai l'inaction de Durandal abandonnée attachée à un arbre et oubliée dans le *Sept d'Épée,* je déplorai le gaspillage d'énergie et de biens du *Cinq de Deniers* (ajouté pour l'occasion dans le champ vide).

La carte que maintenant il déposait là en plein milieu était *La Lune.* Un froid reflet brille sur une terre enténébrée. Une nymphe à l'aspect dément lève la main vers la faux céleste toute dorée, comme si elle jouait de la harpe. Il est vrai qu'une corde cassée pend à son arc : la Lune est une planète vaincue et la Terre conquérante est prisonnière de la Lune. C'est une Terre devenue lunaire que Roland parcourt.

La carte du *Fou,* qui nous fut montrée ensuite, était exceptionnellement adéquate au propos. Le plus fort de sa fureur étant à présent passé, sa massue sur l'épaule à la façon d'une lance, maigre comme un squelette, déguenillé, ses braies perdues, avec la tête pleine de plumes (il lui restait accrochées aux cheveux toutes sortes de choses, duvets de grives, bogues de châtaignes, épines de houx et de gratte-culs, vers de terre qui suçaient sa cervelle morte, champignons, gales, sépales, mousses), voici que Roland était descendu jusqu'au cœur chaotique des choses, au centre du carré des tarots et du monde, au point de recroisement de tous les ordres compossibles.

Sa raison ? Le *Trois de Coupe* nous rappela qu'elle devait se trouver à l'intérieur d'une ampoule gardée dans la Vallée des Raisons Perdues ; mais le tarot représentait un calice renversé entre deux autres debout et ainsi il était probable que même en ce dépôt elle n'avait pas été conservée.

Les deux dernières cartes de la rangée étaient là sur la table. La première était *La Justice,* que nous avions déjà rencontrée, surmontée par la vignette du guerrier au galop. Signe que les chevaliers de l'armée de Charlemagne suivaient les traces de leur champion, veillaient sur lui, ne renonçaient pas à ramener son épée au service de la Justice et de la Raison. C'était donc la Raison, cette blonde justicière à l'épée et à la balance, avec qui en tout cas il devait à la fin régler ses comptes ? La Raison du récit qui couve sous le Hasard combinatoire des tarots épars ? Et cela voulait dire qu'au bout de tous les détours qu'on voudra vient le moment où ils l'attrapent et le ligotent, Roland, et lui renfoncent dans la gorge son intelligence récusée ?

Sur la toute dernière carte on voit le paladin attaché la tête en bas, en *Pendu.* Voici donc pour finir son visage devenu serein et lumineux, l'œil limpide comme il n'était pas même dans l'exercice de ses raisons d'autrefois. Que dit-il ? Il dit :

— Laissez-moi comme ça. J'ai fait le tour et j'ai compris. Le monde se lit à l'envers. Voilà.

Histoire d'Astolphe sur la Lune.

J'eusse aimé recueillir d'autres témoignages sur la raison de Roland, et surtout de la part de celui-ci même qui s'était fait un devoir de la récupérer, comme épreuve de son audace ingénieuse. J'eusse voulu qu'Astolphe fût ici avec nous. Parmi les convives qui n'avaient encore rien raconté, il en était un, aussi léger qu'un jockey ou un lutin, qui de temps en temps sursautait en frétillant, avec des trilles, comme si son mutisme et le nôtre avaient été pour lui un motif sans pareil de divertissement. L'observant, je me rendis compte que ce pouvait bien être lui, le chevalier anglais, et je l'invitai explicitement à nous raconter son histoire en lui présentant la figure du jeu qui me paraissait lui ressembler le plus : le joyeux *Cavalier de Bâton* sur son cheval cabré. Le petit personnage souriant avança une main, mais au lieu de prendre la carte la fit voler en l'air d'un coup de l'index sur le pouce. Elle voltigea comme une feuille au vent et vint se poser sur la table vers le bas du tableau.

Il n'y avait plus à présent de fenêtres ouvertes au centre de la mosaïque, et peu de cartes étaient demeurées en dehors du jeu.

Le chevalier anglais prit un *As d'Épée* (je reconnus la Durandal de Roland abandonnée inac-

tive accrochée à un arbre...), il l'approcha de *L'Empereur* (représenté avec la barbe blanche et la sagesse fleurie de Charlemagne sur son trône...), comme s'il s'apprêtait avec son histoire à parcourir une colonne verticale : *As d'Épée, Empereur, Neuf de Coupe...* (Roland prolongeant son absence du camp des Francs, Astolphe fut appelé par le roi Charles et invité à prendre place auprès de lui au banquet...). Ensuite venaient *Le Fou* à demi pouilleux à demi nu avec des plumes sur la tête, et Cupidon dieu ailé qui du haut de son piédestal torsadé dardait son trait sur les *Amoureux* transis. (— Astolphe, tu sais sans doute que le prince de nos paladins, Roland notre neveu, a perdu la lumière qui distingue l'homme et les bêtes sensées des bêtes et des hommes fous ; à présent, possédé, il parcourt les bois, il est couvert de plumes d'oiseaux et ne répond qu'au pépiement des volatiles, comme s'il n'entendait plus d'autre langage. Et ce serait un moindre mal s'il avait été réduit en cet état par un zèle intempestif pour les pénitences chrétiennes, l'humiliation de soi, la macération du corps et le châtiment de l'orgueil d'esprit, parce que alors le dommage pourrait en quelque sorte être balancé par un avantage spirituel, en tout cas ce serait quelque chose dont nous pourrions je ne dis pas nous vanter mais parler à la ronde sans vergogne, au besoin en hochant la tête tout simplement ; mais le malheur est que celui qui l'a poussé à la folie est Éros, le dieu païen qui, plus réprimé, dévaste plus...)

La colonne se poursuivait par *Le Monde,* où l'on voit une cité fortifiée avec un cercle autour — Paris dans l'enceinte de ses remparts, depuis des mois soumis à la pression du siège sarrasin — et par la tour (*La Maison-Dieu*) qui représente de manière vraisemblable la chute de cadavres du haut des talus parmi les jets d'huile bouillante et les machines de siège en action ; et de la sorte se trouvait décrite la situation militaire (dans les termes peut-être exactement qu'avait employés Charlemagne : L'ennemi maintient sa pression au pied des hauteurs de Montmartre et du Montparnasse, il ouvre des brèches à Ménilmontant et à Montreuil, il incendie la porte Dauphine et la Porte des Lilas...), il ne manquait qu'une dernière carte, le *Neuf d'Épée,* pour que la rangée se termine sur une note d'espoir (tout comme le discours de l'empereur ne pouvait avoir d'autre conclusion que celle-ci : — Seul notre neveu saurait conduire une sortie qui briserait le cercle de fer et de flammes... Va, Astolphe, cherche l'esprit de Roland, où qu'il se soit perdu, et ramène-le : c'est notre seule chance de salut ! Cours ! Vole !).

Que devait faire Astolphe ? il avait encore une bonne carte dans son jeu : l'arcane dit *L'Ermite,* ici représenté comme un vieux bossu clepsydre à la main, un devin qui remonte le temps irréversible et avant l'avant voit l'après. C'est donc vers ce sage, un mage aux manières de Merlin, qu'Astolphe se tourne pour savoir où retrouver la raison de Roland. L'ermite lisait l'écoulement des grains de sable dans la clepsydre, et nous, nous mettions à lire la seconde colonne de l'histoire, qui était celle immédiatement à gauche, de haut en bas : *Le Jugement, Dix de Coupe, Chariot, La Lune...*

— C'est au ciel que tu dois monter, Astolphe — (l'arcane angélique du *Jugement* indiquait une ascension extra-humaine) —, jusque dans les champs blafards de la Lune, où un dépôt conserve

La Maison-Dieu

à l'intérieur d'ampoules alignées — (comme sur la carte de *Coupe*) — les histoires que les hommes ne vivent pas, les pensées qui frappent une fois à la porte de la conscience et s'évanouissent pour toujours, les particules du possible écartées du jeu des combinaisons, les solutions auxquelles on pourrait arriver mais n'arrive pas...

Pour monter sur la Lune (l'arcane du *Chariot* nous en donnait l'information, superflue mais poétique), il est convenu de recourir aux races hybrides des chevaux ailés, Pégases ou Hypogriffes ; les Fées les élèvent dans leurs écuries dorées afin de les atteler à leurs biges et triges. Astolphe avait son Hypogriffe, il se mit en selle. Il prit le large dans le ciel. La Lune, en grossissant, vint à sa rencontre. Il plana. (Sur le tarot, *La Lune* était peinte avec plus de douceur que dans la représentation des acteurs champêtres de Pyrame et Thisbé par les nuits de la mi-été, mais avec des ressources allégoriques également simples...)

Puis venait *La Roue de la Fortune,* juste au moment où nous attendions une description plus détaillée du monde de la Lune, qui nous permît de donner libre cours aux vieilles fantaisies d'un monde renversé, où l'âne est roi, et l'homme quadrupède, où les enfants gouvernent les anciens, les somnambules tiennent le gouvernail, les habitants des villes tournent comme des écureuils dans la roue de leur cage, en bref autant de paradoxes que l'imagination en peut décomposer et recomposer.

Astolphe était monté chercher la Raison dans le monde du gratuit, Chevalier du Gratuit lui-même. Quelle sagesse tirer comme norme pour la Terre de cette Lune du délire des poètes ? Le chevalier essaya de poser la question au premier habitant qu'il rencontra sur la Lune : le personnage dont donnait un portrait l'arcane numéro un, *Le Bateleur,* image de dénomination d'une signification controversée mais où l'on peut cependant voir — à partir du roseau qu'il tient à la main, comme s'il écrivait — un poète.

Sur les blanches étendues de la Lune, Astolphe rencontre le poète, appliqué à interpoler dans sa machine à tisser les rimes des strophes, les filets des intrigues, les raisons et les déraisons. Si celui-là habite au beau milieu de la Lune — ou en est habité, comme par son noyau le plus profond —, il nous dira s'il est vrai qu'elle contient le dictionnaire universel des rimes, des mots et des choses, si elle est le monde plein de sens, l'opposé d'une Terre insensée.

— Non, la Lune est un désert.

Telle était la réponse du poète, à en juger d'après la toute dernière carte tombée sur la table : la chauve circonférence de l'*As de Deniers*.

« De cette sphère aride part tout discours et tout poème ; et chaque voyage à travers forêts batailles trésors banquets alcôves nous ramène ici : au centre vide de tout horizon. »

Toutes les autres histoires.

La grille est désormais entièrement couverte par les tarots et les récits. Toutes les cartes ont été retournées sur la table. Même mon histoire y est comprise, bien que je ne sache plus dire laquelle c'est, tant est serré l'entrelacement de toutes à la fois. En fait, la tâche de déchiffrer les histoires une à une m'a fait jusqu'à présent négliger la particularité la plus saillante de notre mode de narration, à savoir que chaque récit court à la rencontre d'un autre, et tandis qu'un des convives progresse sur sa lancée, un autre parti de l'autre bout avance en sens opposé, puisque les histoires racontées de gauche à droite ou de bas en haut peuvent aussi bien être lues de droite à gauche ou de haut en bas, et vice versa, si on tient compte du fait que les mêmes cartes, en se présentant dans un ordre différent, changent de sens, et que le même tarot sert dans le même temps à des narrateurs qui partent des quatre points cardinaux.

Ainsi, alors qu'Astolphe commençait à rapporter son aventure, l'une des plus belles dames de la compagnie, se présentant sous le profil de femme amoureuse propre à la *Reine de Deniers,* disposait déjà, au point d'arrivée de son parcours à lui,

L'Ermite et le *Neuf de Deniers,* qu'elle utilisait parce que son histoire commençait justement ici : où elle se tournait vers un devin pour savoir quelle serait l'issue d'une guerre qui depuis des années la tenait enfermée dans une ville étrangère, et *Le Jugement* puis *La Maison-Dieu* lui apportaient la nouvelle que les Dieux avaient depuis longtemps décrétée la chute de Troie. En effet, cette même cité fortifiée assiégée (*Le Monde*) qui dans le récit d'Astolphe était Paris convoité par les Maures, était Troie pour celle-là qui d'un si long conflit avait sans doute été la cause première, et par conséquent, ces banquets résonnants de chants et de pincements de cithares (*Dix de Coupe*), c'étaient ceux que les Achéens préparaient pour le jour tant désiré de l'assaut victorieux.

Dans le même temps une autre *Reine* (celle, secourable, *de Coupe)* avançait dans une autre histoire à la rencontre du récit de Roland, sur son parcours même, en commençant par *La Force* et *Le Pendu.* C'est-à-dire que cette reine voyait un féroce brigand (du moins est-ce ainsi qu'on le lui avait décrit) suspendu à un instrument de torture, sous *Le Soleil,* après verdict de *La Justice.* Elle en eut pitié, approcha, lui porta à boire (*Trois de Coupe*), s'aperçut qu'il s'agissait d'un jeune homme aimable et bien tourné (*Valet de Bâton*).

Les arcanes *Chariot Amour Lune Fou* (qui servait déjà au rêve d'Angélique, à la folie de Roland, au voyage de l'Hypogriffe) leur étaient à présent disputés par la prophétie du devin à l'adresse d'Hélène de Troie :

— Avec les vainqueurs, une dame montée sur un char entrera, une reine ou une déesse, et ton Pâris en tombera amoureux,

... ce qui poussait la belle épouse adultère de Ménélas à fuir dans la lumière de la Lune la cité assiégée, dissimulée sous d'humbles vêtements, accompagnée du seul bouffon de la cour — et par l'histoire que simultanément contait l'autre reine, comment s'étant éprise du prisonnier elle le libérait à la faveur de la nuit, puis l'invitait à s'enfuir déguisé en vagabond et attendre qu'elle le rejoigne sur son char royal, dans l'obscurité du bois.

Ensuite les deux histoires allaient chacune à son propre dénouement, Hélène rejoignant l'Olympe (*La Roue de la Fortune*) et se présentant au banquet (*Coupe*) des Dieux, l'autre attendant en vain dans le bois (*Bâton*) l'homme libéré par elle, jusqu'aux premières lueurs dorées (*Deniers*) du matin. Et tandis que l'une pour finir se retournait vers Zeus le Très-Haut (*L'Empereur*) :

— Au poète (*Le Bateleur*), à l'ancien aveugle qui ici même, sur l'Olympe, siège parmi les Immortels et aligne des vers hors du temps dans les poèmes temporels que d'autres poètes chanteront, dis que je demande cette seule aumône (*As de Deniers*) au bon vouloir des habitants du Ciel (*As d'Épée*), que soit par lui écrit dans le poème de mon destin : avant que Pâris ne la trahisse, Hélène se donnera à Ulysse dans le ventre même du Cheval de Troie (*Cavalier de Bâton*) !

... l'autre ne connaissait pas un sort moins incertain, en s'entendant apostropher par une splendide guerrière (*Reine d'Épée*) qui venait vers elle à la tête d'une armée :

— Reine de la nuit, l'homme libéré par toi m'appartient : prépare-toi à combattre ; la guerre contre les armées du jour va durer, au milieu des arbres du bois, jusqu'à l'aurore !

Dans le même temps il fallait garder présent à l'esprit que le Paris ou la Troie en état de siège du *Monde,* qui était aussi la cité céleste dans l'histoire du voleur de tombes, devenait une ville souterraine dans l'histoire d'un quidam qui s'était présenté sous les traits vigoureux et bon-vivants du *Roi de Bâton,* et qui y était arrivé après que dans un bois magique il se fut muni d'un gourdin aux pouvoirs extraordinaires et eut suivi un guerrier inconnu armé de noir, qui se vantait de ses richesses (*Bâton, Cavalier d'Épée, Denier*). Dans une querelle de cabaret (*Coupe*), le mystérieux compagnon de voyage avait décidé de jouer le sceptre de la cité (*As de Bâton*). La lutte à coups de gourdins ayant été favorable à notre ami, l'Inconnu lui dit :

— Te voici maître de la Cité de la Mort. Sache que tu as vaincu le Prince de la discontinuité.

Et retirant son masque, il avait révélé son véritable visage (*La Mort*), c'est-à-dire un crâne jaune et camus.

La Cité de la Mort fermée, plus personne ne risquait de mourir. Un nouvel Age d'Or commença : les hommes se gaspillaient en carnavals, ils croisaient le fer en d'inoffensives mêlées, ils se jetaient du haut des tours sans dommage (*Deniers, Coupe, Épée, Tour*). Et les tombes habitées par des vivants en allégresse (*Le Jugement*) représentaient des cimetières désormais inutiles où les viveurs se réunissaient pour leurs orgies, sous le regard atterré des anges de Dieu. Si bien qu'un avertissement ne tarda pas à retentir :

— Rouvre les portes de la Mort, ou bien le monde deviendra un désert hérissé de pieux, une montagne de froid métal !

Notre héros s'agenouilla aux pieds du Pontife courroucé, en signe d'obéissance (*Quatre de Bâton, Huit de Deniers, Le Pape*).

— Ce pape, c'était moi !

C'est ce que sembla s'exclamer un autre invité, qui se présentait sous les dépouilles trompeuses du

La
Maison-
Dieu

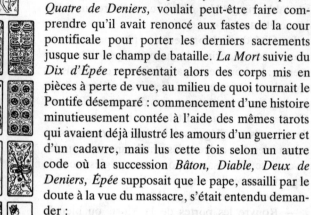

Cavalier de Deniers et qui, en jetant avec mépris le *Quatre de Deniers,* voulait peut-être faire comprendre qu'il avait renoncé aux fastes de la cour pontificale pour porter les derniers sacrements jusque sur le champ de bataille. *La Mort* suivie du *Dix d'Épée* représentaient alors des corps mis en pièces à perte de vue, au milieu de quoi tournait le Pontife désemparé : commencement d'une histoire minutieusement contée à l'aide des mêmes tarots qui avaient déjà illustré les amours d'un guerrier et d'un cadavre, mais lus cette fois selon un autre code où la succession *Bâton, Diable, Deux de Deniers, Épée* supposait que le pape, assailli par le doute à la vue du massacre, s'était entendu demander :

— Pourquoi permets-tu cela, mon Dieu ? Pourquoi laisses-tu se perdre toutes ces âmes ?

Une voix venant du bois avait répondu :

— Nous sommes deux à nous partager et le monde (*Deux de Deniers*) et les âmes ! Il ne Lui revient pas à Lui tout seul de permettre ou ne pas permettre ! Il doit bien régler ses comptes avec moi !

Le Diable

Le *Valet d'Épée,* au bout de la rangée, précisait que l'apparition d'un guerrier plein de morgue avait succédé à cette voix :

— Reconnais en moi le Prince des Oppositions, et je ferai régner la paix sur le monde (*Coupe*), un nouvel Age d'Or commencera !

— Ce signe depuis longtemps rappelle que l'Autre a été vaincu par l'Un, avait pu rétorquer le pape, lui opposant les *Deux Bâtons* croisés.

Ou encore cette carte indiquait une alternative :

— Deux sont les voies. Choisis, avait dit l'Ennemi.

Mais au milieu du carrefour était apparue la
Reine d'Épée (précédemment Angélique, la Magicienne ou la belle âme damnée, ou la condottiere),
pour annoncer :

— Arrêtez ! Votre dispute n'a pas de sens.
Sachez que je suis la joyeuse Déesse de la Destruction, qui commande à la ruine et la reconstruction
incessantes du monde. Dans le massacre général,
les cartes se mêlent continuellement, et les âmes ne
connaissent pas un meilleur sort que les corps,
lesquels jouissent au moins du repos de la tombe.
Une guerre sans fin agite l'univers, jusqu'aux
étoiles du firmament, et elle n'épargne ni les
esprits ni les atomes. Contemplant la poussière
dorée suspendue dans l'air, quand l'obscurité
d'une pièce est pénétrée par des rayons de lumière,
Lucrèce y voyait les batailles d'impalpables corpus-
cules, des invasions, des assauts, des carrousels,
des tourbillons... (*Épée, Étoile, Deniers, Épée*).

Sans doute mon histoire est-elle aussi contenue
dans cet entrelacement de cartes, passé présent
futur, mais pour ma part je ne sais plus la distin-
guer des autres. La forêt, le château, les tarots
m'ont conduit à ceci : à perdre mon histoire, à la
confondre dans la poussière des histoires, à m'en
libérer. Il ne reste plus de moi que l'obstination
maniaque de compléter, de fermer, de faire revenir les récits. Et j'ai encore à parcourir une autre
fois, dans le sens opposé, deux côtés du tableau, et
si je le fais, c'est que j'y mets un point d'honneur,
pour ne pas laisser les choses à moitié.

Le châtelain-aubergiste qui nous héberge ne

peut plus tarder à remplir sa partie. Mettons qu'il soit le *Valet de Coupe* et qu'un client insolite (*Le Diable*) se soit présenté à son auberge-château. A certains hôtes, il est de bonne règle de ne jamais offrir à boire gratis mais, requis de payer, le Client avait dit :

— Aubergiste, dans ta taverne tout se mélange, les vins comme les destins...

— Votre Seigneurie n'est pas contente de mon vin ?

— Très contente ! Je suis le seul qui sache apprécier tout ce qui est entrecoupé et qui a deux visages. Voilà pourquoi je veux te donner beaucoup plus que *Deux Deniers* !

A ce point, *L'Étoile,* arcane numéro dix-sept, représentait non plus Psyché, ou l'épouse sortie de la tombe, ou un astre dans le firmament, mais seulement la servante mandée pour toucher l'addition, qui revenait les mains pleines de pièces étincelantes comme on n'en avait jamais vues et criant :

— Voyez ! Ce seigneur ! Ce qu'il a fait ! Il a renversé une des *Coupes* sur la table et il en a fait couler un fleuve de *Deniers* !

— Qu'est-ce que ce tour ? s'était exclamé le tavernier-châtelain.

Le client était déjà sur le pas de la porte.

— Parmi tes coupes, il y en a une maintenant qui paraît semblable aux autres, mais qui a un pouvoir magique. Fais de ce cadeau un usage qui me plaise ; sinon, comme tu m'as connu ton ami, je reviendrai te voir en ennemi !

Il dit, et disparut.

Après avoir réfléchi tant et plus, le châtelain avait décidé de se déguiser en prestidigitateur et

d'aller dans la capitale pour conquérir le pouvoir en débitant de la monnaie sonnante. Par conséquent, *Le Bateleur* (que nous avions vu en Méphistophélès et en poète) était aussi l'hôte-charlatan qui rêvait de devenir *Empereur* en jonglant avec ses *Coupes,* et *La roue* (ce n'était plus le Moulin de l'Or ni l'Olympe ni le Monde de la Lune) représentait son intention de mettre le monde à l'envers.

Il se mit en route. Mais dans le bois... Là, il fallait de nouveau interpréter l'arcane de *La Papesse* comme une grande Prêtresse, célébrant dans le bois une fête rituelle. Elle avait dit au voyageur :

— Restitue aux Bacchantes la coupe sacrée qui nous fut dérobée !

De la sorte s'expliquaient encore la fille aux pieds nus, tout aspergée de vin, dite dans les tarots *La Tempérance,* ainsi que la facture soignée du calice-autel qui tenait lieu d'*As de Coupe.*

Dans le même temps la dame corpulente qui nous servait à boire, diligente aubergiste ou châtelaine prévenante, avait elle aussi entrepris son récit, en partant des trois cartes : *Reine de Bâton, Huit d'Épée, Papesse,* et nous étions alors conduits à regarder cette dernière comme l'Abbesse d'un couvent à qui notre narratrice, jeune pensionnaire encore, avait dit, pour vaincre la terreur qui à l'approche d'une guerre régnait parmi les religieuses :

— Laissez-moi défier en duel (*Deux Épées)* le chef des envahisseurs !

Cette pensionnaire était en fait une lame éprouvée — *La Justice* nous le révélait de nouveau — et à l'aurore sa majestueuse personne fit sur le champ de bataille une si fulgurante entrée (*Le Soleil*) que le prince défié en duel (*Cavalier d'Épée*) tomba amoureux. Le repas (*Coupe*) de noce fut célébré dans le palais des parents du marié (*Impératrice* et *Roi de Deniers*) dont les visages exprimaient toute la méfiance qu'ils éprouvaient à l'égard de cette énorme bru. A peine le marié dut-il repartir (le *Cavalier de Coupe* s'éloigne) que les cruels beaux-parents payèrent (*Deniers*) un coupe-jarret pour qu'il conduise dans le bois (*Bâton*) l'épouse, et la tue. Or, voici que l'énergumène (*La Force*) et *Le Pendu* se révélaient être une seule et même personne : le coupe-jarret qui se jetait sur notre lionne et l'instant d'après se retrouvait attaché la tête en bas par une si robuste lutteuse.

Ayant échappée au traquenard, l'héroïne s'était dissimulée sous le costume d'une aubergiste ou servante de château, comme nous la voyions maintenant aussi bien en personne que sur l'arcane de *La tempérance* verser un vin très pur (les motifs bachiques de l'*As de Coupe* l'attestaient). La voilà à présent qui dresse une table pour deux, attend le retour de son époux, guette dans le bois chaque mouvement des feuillages, la sortie de chaque carte dans le jeu de tarots, chaque coup de théâtre dans l'imbrication des récits, jusqu'à ce qu'arrive la fin de la partie. Alors de ses mains elle éparpille les cartes, elle bat le jeu, tout recommence *da capo*.

La taverne
des destins croisés

La taverne.

Nous voici hors du noir, ou plutôt nous entrons
et dehors il fait noir, ici on y voit un peu, malgré la
fumée, c'est la lumière qui fume, peut-être des
chandelles, pourtant on voit des couleurs, des
jaunes, des bleus, sur du blanc, sur la nappe, des
taches coloriées, rouges, ou bien encore vertes,
aux contours noirs, des dessins dans des rectangles
blancs éparpillés à travers la table. Il y a des
bâtons, avec leurs troncs, leurs branches serrées,
leurs feuilles, comme là auparavant dehors, des
épées, qui nous tombent dessus à grands coups
tranchants, du milieu des feuilles, embusquées
dans le noir où nous nous étions perdus, à la fin par
bonheur nous avons vu une lumière, une porte, il y
a des plats d'or qui brillent comme des *deniers,* des
coupes, cette tablée avec les assiettes et les verres,
les assiettes creuses pleines de potage qui fume, les
pichets de vin, nous sommes saufs mais encore à
demi morts de peur, nous pouvons raconter, nous
en aurions à raconter, chacun voudrait raconter
aux autres ce qui lui est arrivé à lui, ce qu'il a vu, de
ses yeux dans le noir, dans le silence, mais ici
maintenant il y a du bruit, comment me faire
entendre, je n'entends plus ma voix, aucun son ne

sort de ma gorge, je n'ai plus de voix, je n'entends
même pas la voix des autres, pourtant les bruits
s'entendent, je ne suis pas sourd, j'entends le bruit
des assiettes, les bouteilles qu'on débouche, les
cuillers qui cognent, j'entends mastiquer, roter, je
fais des gestes pour dire que j'ai perdu la parole et
les autres aussi font des gestes pareils, ils sont
muets, la parole nous l'avons tous perdue, dans le
bois, tous autant que nous sommes autour de cette
table, hommes et femmes, bien et mal habillés,
épouvantés, épouvantables à voir, tous avec des
cheveux blancs, jeunes et vieux, moi aussi, je me
regarde dans un de ces miroirs, une de ces cartes,
j'ai moi aussi les cheveux blancs à cause de cette
épouvante.

Comment faire pour raconter maintenant que
j'ai perdu la parole, et les mots, peut-être la
mémoire aussi, comment me rappeler ce qu'il y
avait dehors, et si j'y parviens comment trouver les
mots pour le dire, et les mots comment les pronon-
cer, nous sommes tous là à chercher à faire
comprendre quelque chose aux autres par des
gestes, par des grimaces, comme des singes. Heureusement qu'il y a ces cartes, sur la table, c'est un
jeu de tarots, des plus communs, ceux qu'on dit de
Marseille ou encore de Bergame, ou de Naples, ou
Piémontais, comme vous voudrez, si ce ne sont pas
toujours les mêmes ils se ressemblent, dans les
auberges de campagne ou les bivouacs de bohémiennes : dessins aux lignes appuyées, grossières,
avec pourtant des détails auxquels on ne s'atten-
drait pas, et même qu'on ne comprend pas très
bien, comme si celui qui les a gravés, ces dessins,
dans le bois, pour les imprimer, les avait calqués,
de ses grosses mains, sur des modèles compliqués,

finement travaillés, avec quel soin, selon les règles
de l'art, et qu'il y était allé de sa gouge autant qu'il
avait pu, sans seulement s'inquiéter de comprendre ce qu'il copiait, et ensuite il a enduit d'encres
ses planches, et voilà.

Tous à la fois, nous avançons les mains, vers les
cartes, l'une des figures quand on la range auprès
de plusieurs autres me fait revenir en mémoire
l'histoire qui m'a amené ici, j'essaie de reconnaître
ce qui m'est arrivé et de le montrer aux autres, qui
pendant ce temps s'y recherchent aussi, dans ces
cartes, et ils me montrent du doigt un tarot ou un
autre, et rien ne va plus, et nous nous arrachons les
cartes des mains, et nous les éparpillons sur la
table.

Histoire de l'indécis.

L'un de nous retourne une carte et la prend, il la regarde comme s'il se regardait dans un petit miroir. Et de fait, le *Cavalier de Coupe*, on dirait tout à fait lui. Ce n'est pas seulement dans le visage, anxieux, les yeux exorbités, et les cheveux longs qui tombent sur les épaules, tout blanchis, qu'on note la ressemblance mais aussi dans ces mains qu'il remue sur la table comme s'il ne savait pas où les mettre, et qui là dans l'image tiennent, la droite une coupe trop grosse en équilibre sur la paume, la gauche à peine du bout des doigts les rênes. Une allure incertaine qui se communique même au cheval : il semble qu'il ait du mal à bien poser ses sabots sur une terre toute remuée.

Ayant trouvé ce tarot, c'est comme si le jeune homme reconnaissait dans toutes les autres cartes qui lui tombent sous la main un sens spécial, et il les dispose en ligne sur la table comme si de l'une à l'autre il suivait un fil. La tristesse qu'on lit sur son visage tandis qu'il place, avec un *Huit de Coupe* et un *Dix de Bâton* l'arcane que selon les pays on appelle *L'Amour*, ou *L'Amoureux*, ou encore *Les Amants*, fait songer à une peine de cœur qui l'aurait poussé à se lever au milieu d'un banquet,

pour prendre l'air dans la forêt. Ou carrément à
déserter le festin de ses propres noces, à se faire le
jour même de son mariage oiseau des bois.

Peut-être y a-t-il deux femmes dans sa vie, et lui
ne sait pas choisir. C'est ainsi précisément que le
représente l'image : blond encore, entre les deux
rivales, l'une qui lui attrape l'épaule tout en le
fixant d'un œil accapareur, l'autre qui le frôle en un
mouvement languide de toute sa personne, tandis
qu'il ne sait pas de quel côté se tourner. Chaque
fois qu'il va décider laquelle lui convient comme
épouse, il se convainc qu'il peut très bien renoncer
à l'autre : et de la même façon il se console de
perdre celle-là chaque fois qu'il pense préférer
celle-ci. L'unique point ferme dans ce va-et-vient
d'idées, c'est qu'il peut se passer tout aussi bien de
l'une que de l'autre, puisque son choix a toujours
un revers, c'est-à-dire implique un renoncement,
et par conséquent il n'y a pas de différence entre
choisir et renoncer.

Seul un voyage pouvait le sortir de cette
impasse : le tarot que maintenant le jeune homme
pose sur la table sera à coup sûr *Le Chariot* : deux
chevaux tirent le pompeux véhicule dans les chemins accidentés du bois, la bride sur le cou,
puisque c'est son habitude de les laisser aller en
sorte qu'aux carrefours le choix ne lui incombe
pas. Le *Deux de Bâton* annonce le croisement de
deux routes : les chevaux se mettent à tirer chacun
de son côté ; les roues sur le dessin sont à ce point
divergentes qu'elles paraissent perpendiculaires à
la route, signe que le chariot est arrêté. Ou bien s'il
avance, mieux vaudrait qu'il soit arrêté : il en va
pour lui comme pour tant d'autres devant qui se
déroulent les routes les plus lisses et les plus

rapides, qui survolent sur des ponts suspendus très haut les vallées ou traversent le granit entaillé des montagnes, et sont ainsi libres d'aller n'importe où, quand n'importe où c'est toujours pareil. Ainsi le voyions-nous là gravé dans l'attitude faussement décidée, sûre de soi, d'un triomphant conducteur ; quand toujours, en arrière de lui, allait son âme divisée, semblable à ces deux masques aux regards opposés, qu'il portait sur son manteau.

Pour décider quelle route prendre, il n'y a plus qu'à s'en remettre au sort ; dans le *Valet de Deniers* le jeune homme jette en l'air une pièce de monnaie : pile ou face ? Peut-être ni l'un ni l'autre, la pièce va rouler dans un buisson où elle reste sur la tranche, au pied d'un vieux chêne, juste entre les deux routes. Avec l'*As de Bâton*, notre héros veut très probablement nous raconter que ne pouvant se décider à poursuivre d'un côté ou de l'autre, il ne lui est resté qu'une solution : descendre du chariot et grimper à un tronc noueux, dans des branches dont les successives bifurcations continuent de lui infliger le supplice du choix.

Du moins espère-t-il que s'élevant de branche en branche, il pourra voir plus au loin, et comprendre où les routes conduisent ; mais en dessous de lui le feuillage est épais, la vue du paysage est bientôt bouchée, et s'il lève les yeux vers la cime de l'arbre, *Le Soleil* l'aveugle de ses rayons acérés qui font à contre-jour briller les feuilles de toutes les couleurs. Il faudrait encore expliquer ce que représentent ces deux enfants qu'on voit sur le tarot : cela voudra dire que regardant au-dessus de lui, il s'est aperçu qu'il n'y était pas, seul, dans cet arbre : deux gamins ont grimpé dans les branches avant lui.

On dirait deux jumeaux : ils sont exactement semblables, nu-pieds, et très blonds. Peut-être qu'alors le jeune homme a parlé, qu'il a demandé :

— Qu'est-ce que vous faites là, vous deux ?

Ou bien :

— Vous en voyez la cime ?

Et les jumeaux ont répondu en indiquant par des gestes confus quelque chose qu'on voit sur le dessin à l'horizon, sous les rayons du soleil : les murs d'une cité.

Mais où se trouvent ces murs, relativement à l'arbre ? L'*As de Coupe* représente justement une ville avec beaucoup de tours flèches minarets coupoles qui s'élancent au-dessus des murs. Et encore des feuilles de palmiers, des ailes de faisans, des nageoires bleues de poissons-lune, qui sans doute surgissent des jardins, volières et aquariums de la ville, dans les rues de laquelle nous pouvons imaginer les deux gamins qui se pourchassent et disparaissent. Et cette ville il semble qu'elle soit en équilibre au sommet d'une pyramide, qui pourrait être aussi bien la cime du grand arbre, c'est-à-dire qu'il s'agirait d'une cité suspendue dans les branches les plus hautes, comme un nid d'oiseau, ses fondations pendant à l'image des racines aériennes qu'ont certains parasites.

Les mains du jeune homme, pour disposer les cartes, sont toujours plus lentes et incertaines, nous avons tout le temps dans son dos pour développer nos conjectures, et ruminer en silence les questions qui sans doute lui sont alors venues à l'esprit, comme maintenant à nous-mêmes : « Quelle est cette ville ? Serait-ce la Ville du Tout ? La ville où toutes les lignes se rejoignent, où les choix se contrebalancent, où se comble le vide qui demeure entre ce qu'on attend de la vie et ce qu'on en reçoit ? »

Mais qui donc, dans cette ville, notre jeune homme pourrait-il questionner ? Imaginons qu'il est entré par la porte voûtée de l'enceinte, qu'il s'est engagé sur une place où est au fond un grand escalier, en haut duquel siège un personnage aux attributs souverains divinité trônant ou ange couronné. (Nous discernons derrière ses épaules deux proéminences qui pourraient être le dossier du trône, mais aussi deux ailes, mal reproduites sur le dessin.)

— Est-ce là ta ville ? aura demandé le jeune homme.

— C'est la tienne (il n'aurait pu recevoir réponse meilleure), ce que tu cherches, tu le trouveras ici.

Pensez si, pris de cette façon à l'improviste, il est en mesure d'exprimer un désir sensé. En nage d'avoir grimpé jusque là-haut, il aura seulement dit :

— J'ai soif !

Alors, l'ange sur son trône :

— Tu n'as qu'à choisir à quel puits tu veux boire.

Et il aura indiqué deux puits semblables qui s'ouvrent sur la place déserte.

Le jeune homme, il suffit de le regarder pour comprendre qu'une fois de plus il se sent perdu. Maintenant la puissance couronnée brandit une balance et une épée, attributs de l'ange qui veille sur les décisions et les équilibres, du haut de la constellation de la Balance, justement. Ainsi, jusque dans la Ville du Tout nous ne sommes admis qu'au travers d'un choix et d'un refus, acceptant ceci et refusant le reste ? Autant pour lui qu'il s'en aille comme il est venu ; mais quand il se retourne, il voit deux *Reines* qui sont à deux balcons en vis-à-vis d'un côté et de l'autre de la place. Et voici, qu'il lui semble reconnaître les deux femmes entre lesquelles il n'a pas pu choisir. Comme si elles étaient là à le regarder, lui interdisant de sortir de la ville, tenant chacune une épée dégainée, l'une de la main droite et l'autre — par esprit de symétrie vraisemblablement — de la gauche. Au fait, tandis qu'il n'y avait pas de doute possible quant à l'épée de l'une, celle de l'autre était peut-être plutôt une plume d'oie, ou un compas refermé, ou une flûte, ou un coupe-papier, et dans ces conditions les deux femmes en vérité désignaient deux voies différentes s'offrant à qui ne s'est pas encore trouvé lui-même : celle des passions, qui est toujours voie de fait, agressive, à coups tranchés, et celle de la sagesse, qui demande qu'on y réfléchisse, qu'on apprenne lentement.

Pour disposer et désigner les cartes, les mains du jeune homme tantôt procèdent dirait-on par hésitations et brusques zigzags, tantôt elles se tortillent comme regrettant chaque tarot déjà joué, mieux aurait valu le tenir en réserve pour une autre passe, ou encore elles se laissent aller aux gestes mous de l'indifférence, signifiant que les tarots et leurs emplacements c'est égal, comme ces *coupes* qui dans le jeu se répètent toutes identiques, comme dans le monde de l'uniforme objets et destins se débitent sous tes yeux, tout à la fois interchangeables et immuables, et celui qui croit qu'il décide est dans l'illusion.

Comment expliquer qu'avec la soif qui lui brûle

le corps, n'importe quel puits ne fasse pas l'affaire ? Ce qu'il veut c'est la citerne où les eaux de tous les puits et tous les fleuves se jettent et se confondent, la mer, telle qu'elle est figurée dans l'arcane dit de *L'Étoile*, où se célèbrent les origines aquatiques de la vie, triomphe de tous les mélanges et tous les surplus qu'on fiche à la mer. Une déesse nue prend deux carafes qui contiennent on ne sait quels jus mis au frais à l'intention des assoiffés (il y a tout autour les dunes jaunes d'un désert brûlé par le soleil), et arrose en les renversant la rive de graviers : et aussitôt ce sont des saxifrages qui poussent au milieu du désert, et dans les grasses frondaisons chante un merle, la vie est un gaspillage de matières à la débandade, le chaudron de la mer ne fait que reproduire ce qui se passe dans les constellations, lesquelles depuis des milliards d'années n'en finissent pas de broyer les atomes dans les mortiers de leurs explosions, ici visibles même dans un ciel couleur de lait.

A voir le jeune homme abattre cette carte sur la table, c'est comme si nous l'entendions crier :

— C'est la mer, c'est la mer que je veux !

— Et tu auras la mer !

La réponse de la puissance astrale ne pouvait qu'annoncer un cataclysme, le déferlement des océans se gonflant sur les villes abandonnées, jusqu'à toucher les pattes des loups réfugiés au plus haut et hurlant à *La Lune* au-dessus menaçante, tandis que l'armée des crustacés monte du fond des abysses et va reconquérir le globe.

La foudre qui vient frapper la cime de l'arbre et détruit tous les murs les tours de la ville suspendue, éclaire une vision encore plus affreuse, à laquelle le jeune homme nous prépare en découvrant d'un

geste lent une nouvelle carte, le regard terrorisé. Dressé debout sur son trône, le royal interlocuteur change à ce point qu'il est méconnaissable : ce n'est plus à ses épaules l'éploiement d'un plumage angélique, mais deux ailes de chauves-souris obscurcissant le ciel, et les yeux impassibles, voilà qu'ils louchent obliquement, la couronne s'est hérissée de cornes, le manteau tombe et découvre le corps d'un hermaphrodite, des griffes terminent les mains et les pieds.

— Mais tu n'étais pas un ange ?

— Je suis l'ange qui loge au point où les lignes bifurquent. Celui qui remonte les choses divisées me rencontre, celui qui descend au fond des contradictions tombe sur moi, celui qui veut mêler ce qui était séparé reçoit sur sa joue mon aile membraneuse !

Les jumeaux solaires ont reparu à ses pieds, mais transformés en deux créatures aux traits tout à la fois humains et bestiaux, avec cornes queue plumes pattes écailles, reliés au rapace dantesque par deux longs filaments ou cordons ombilicaux, et il est probable qu'ils tiennent l'un et l'autre à leur tour en laisse deux autres diablotins plus petits laissés hors du dessin, et ainsi est tendu de branche en branche un filet de filaments agités par le vent, comme une grande toile d'araignée, avec un papillonnement noir d'ailes de moins en moins grandes : chouettes, hiboux, huppes, phalènes, frelons, moucherons.

Le vent, ou bien les vagues ? Les lignes qui hachurent la carte à l'arrière-plan pourraient indiquer que la grande marée submerge déjà la cime de l'arbre, toute la végétation se défait en un ondoiement d'algues et de tentacules. Et voici exaucé le

vœu de l'homme qui ne choisit pas : il l'a maintenant oui, la mer, y est plongé la tête en bas, se
balance entre des coraux abyssaux, *Pendu* par les
pieds aux sargasses qui flottent entre deux eaux
sous la surface opaque de l'océan, et de ses
cheveux qui traînent verdis par les laitues marines
il balaie les grands fonds à pic. (Par conséquent,
c'est bien sur cette carte que Mme Sosostris,
voyante fameuse mais à l'expression approxima-
tive, devinant les destins privés et généraux d'un
fonctionnaire émérite de la Lloyds, crut reconnaître un marin phénicien noyé ?)

Si tout ce qu'il voulait était sortir de ses limites
individuelles, sortir des catégories, des rôles,
entendre le grondement sourd des molécules, le
mélange des premières et dernières substances,
voici le chemin qui s'ouvre à lui par l'arcane appelé
Le Monde : Vénus couronnée danse dans un ciel
végétal, parmi les incarnations de Zeus multi-
forme ; espèces, individus, et l'histoire entière du
genre humain, ne sont jamais qu'anneaux de
hasard dans une chaîne de mutations ct évolu-
tions.

Il ne lui reste plus qu'à pousser à son terme le
grand cycle de *La Roue* par quoi évolue la vie
animale et dont tu ne peux jamais dire où est le bas
où est le haut, ou le cycle plus long encore qui
puisse par la décomposition, la descente jusqu'au
centre de la terre dans les coulées d'éléments,
l'attente de cataclysmes qui battent une autre fois
le jeu des tarots et ramènent au jour les couches
enfouies, comme sur l'arcane du tremblement de
terre final.

Tremblement des mains, blanchissement pré-
coce étaient des traces bien lisibles de ce par quoi

notre malheureux commensal était passé : au cours de cette seule nuit, il avait été haché (*épées*) en ses éléments premiers, était passé par des cratères de volcans (*coupes*) à travers toutes les ères géologiques, avait risqué de demeurer prisonnier de l'immobilité définitive des cristaux (*deniers*), était revenu à la vie dans le bourgeonnement lancinant du bois (*bâtons*), pour enfin reprendre sa forme et identité d'homme à cheval avec le *Cavalier de Deniers*.

Mais est-ce bien lui ou ne s'agit-il pas plutôt d'un sosie, qu'à peine recomposé en lui-même il a vu s'avancer dans le bois ?

— Qui es-tu ?

— Je suis l'homme qui devait épouser la fille que tu n'aurais pas choisie, celui qui devait prendre au carrefour l'autre route, et se désaltérer à l'autre puits. Toi, ne choisissant pas, tu as interdit que je choisisse.

— Où vas-tu ?

— Dans une autre auberge que celle que tu as trouvée.

— Où te reverrai-je ?

— Pendu à un autre gibet que le tien. Salut.

Histoire de la forêt qui se venge.

REYNE·DE·BATON

Le fil de l'histoire s'est embrouillé d'abord parce qu'il est difficile de combiner une carte avec une autre, mais aussi parce qu'à chaque nouvelle carte que le jeune homme essaie de disposer auprès des autres, dix mains s'allongent pour la lui prendre et la placer dans une autre histoire que chacun veut exposer, et à un certain point les cartes lui échappent de tous côtés, il doit les retenir avec ses mains, ses avant-bras, ses coudes, et de la sorte il les cache même à qui voudrait comprendre l'histoire qu'il est, lui, en train de raconter. Par chance, entre toutes ces mains il y en a une paire qui lui vient en aide pour maintenir les cartes alignées, et comme ce sont des mains qui pour la taille et le poids en valent bien trois, que le poignet et le bras sont gros en proportion, comme aussi la force et la décision avec lesquelles elles s'abattent sur la table, à la fin les cartes que le jeune homme indécis réussit à garder sont celles qui se trouvent sous la protection de ces grosses mains inconnues. Protection que n'explique pas tant l'intérêt porté au récit de ses incertitudes que le rapprochement fortuit opéré entre certaines de ces cartes, et dans quoi quelqu'un a reconnu une histoire qui lui tient davantage à cœur : c'est-à-dire la sienne propre.

Quelqu'un, ou quelqu'une : car, les dimensions mises à part, ces doigts ces mains ces poignets ces bras sont, par la forme, de ceux-là même où on reconnaît les doigts, les mains, les poignets et les bras d'une femme, une jeune fille épanouie et bien tournée, et de fait, remontant des yeux le long de ces membres, on parcourt la personne d'une demoiselle mais gigantesque, qui voici un moment encore se tenait assise au milieu de nous, bien gentiment, et tout d'un coup, sa gêne vaincue, s'est mise à gesticuler, donner des coups de coude dans l'estomac de ses voisins, et les faire tomber du banc.

Nos regards se lèvent vers son visage qui rougit — timidité ou colère —, puis ils s'abaissent sur l'image de la *Reine de Bâton* qui lui ressemble passablement, avec ses durs traits paysans qu'encadrent de luxuriants cheveux chenus, et son rude maintien. Elle a indiqué cette carte d'une chiquenaude, on croirait un coup de poing sur la table, et le gémissement qui s'échappe de ses lèvres boudeuses semble vouloir dire :

— Oui, c'est bien moi, là, et ces *Bâtons* serrés c'est la forêt où j'ai été élevée par un père qui, n'attendant plus rien du monde civilisé, s'était fait *Ermite*, afin de me tenir éloignée des mauvaises influences de la société. J'ai développé ma *Force* en jouant avec les sangliers et les loups. Et j'ai appris que cette vie de la forêt, où animaux et végétaux s'entre-déchirent et s'engloutissent, une règle y fait prime : la force qui ne sait pas s'arrêter à temps, bison, homme ou condor, fait le désert autour d'elle, y laisse sa peau, et servira de pâture aux mouches, aux fourmis...

Cette loi, que les anciens chasseurs connais-

saient bien mais que plus personne aujourd'hui ne
se rappelle, on peut la déchiffrer dans le geste
inexorable mais contrôlé par lequel la belle domp-
teuse tord de la pointe des doigts la gueule d'un
lion.

Ayant grandi dans l'intimité des bêtes sauvages,
elle était demeurée sauvage en présence des
humains. Quand elle entend le trot d'un cheval et
voit passer sur les sentiers du bois un beau *Cavalier*, elle l'épie de derrière les buissons, et tout
intimidée se sauve, et puis coupe par des chemins
de traverse pour ne pas le perdre de vue. Voici
qu'elle le retrouve *Pendu* par les pieds à la branche
d'un arbre, un brigand embusqué a soustrait de ses
poches le dernier liard. Elle ne perd pas de temps
pour réfléchir, la grande fille des forêts : elle se
jette sur le brigand en faisant tourner sa massue :
comme du petit bois mort crépitent les os les
tendons les articulations les cartilages. Ici nous
devons supposer qu'elle a détaché de l'arbre le
beau jeune homme et qu'elle l'a ranimé comme
font les lions, en lui léchant le visage. D'une
gourde qu'elle porte en bandoulière elle verse
Deux Coupes, un breuvage dont elle seule possède
la recette : quelque chose comme de la sève
fermentée de genévrier mélangée au lait acide des
chèvres. Le cavalier se présente :

— Je suis le prince héritier de l'Empire, fils
unique de Sa Majesté. Tu m'as sauvé. Dis-moi
comment je puis te récompenser.

Elle :

— Reste un peu à jouer avec moi.

Et elle se cache parmi des arbousiers. Son
breuvage était un puissant aphrodisiaque. Le
prince la rejoint. La narratrice voudrait faire

passer sous nos yeux, en vitesse, l'arcane du *Monde*, pour s'en tenir à une mention pudique : « ... Dans ce jeu, bientôt mon enfance s'en fut... », mais l'image montre sans réserve comment sa nudité s'est révélée au jeune homme, transfigurée par une danse amoureuse, et comment à chaque voltige de cette danse il a découvert en elle une neuve vertu : forte comme une lionne, superbe comme un aigle, maternelle comme une vache, douce comme un ange.

Que le prince soit tombé sous le charme, cela est confirmé par le tarot qui suit, *L'Amoureux*, qui pourtant nous prévient d'une situation compliquée : le petit jeune homme était marié, et son épouse légitime n'entendait pas le laisser filer.

— Les entraves légales ne comptent pas dans la forêt : reste ici avec moi, oublie la cour, ses intrigues et son étiquette.

Telle est la proposition, ou une autre pas moins judicieuse, que doit lui avoir faite la fille ; elle ne tient pas compte de ce qu'aux princes il sied d'avoir des principes.

— Seul *Le Pape* peut m'affranchir de mon premier mariage. Attends-moi ici. Je vais, je hâte l'affaire et je reviens.

Et monté sur son *Chariot*, il s'en va sans se retourner, laissant à son amie une modeste somme (*Trois Deniers*).

Abandonnée, il suffit d'un bref basculement des *Étoiles* pour qu'elle soit prise par les douleurs. Elle se traîne jusqu'à la rive d'un ru. Les fauves de la forêt savent bien mettre bas sans aide : et elle a été leur élève. Elle donne à la lumière du *Soleil* deux jumeaux tellement robustes que tout de suite ils tiennent sur leurs pieds.

— Avec mes fils je me présenterai à *L'Empereur* en personne pour demander *Justice*, et il
reconnaîtra en moi la véritable épouse de son
héritier, la génitrice de ses descendants.

Sa résolution prise, elle se met en marche vers la
capitale.

Elle avance, avance, mais la forêt n'en finit pas.
Elle rencontre un homme qui se sauve comme un
Fou, poursuivi par les loups.

— Où donc crois-tu aller, malheureuse ? Il n'y a
plus ville ni empire ! Les routes ne conduisent plus
que de nulle part à nulle part ! Regarde !

Une herbe jaune souffreteuse et les sables du
désert recouvrent l'asphalte et les trottoirs de la
ville, les chacals hurlent parmi les dunes, dans les
palais abandonnés sous *La Lune* des fenêtres
s'ouvrent pareilles à des orbites vides, rats et
scorpions montent partout des caves et des souter-
rains.

La ville pourtant n'est pas morte : les machines,
les moteurs, les turbines continuent à ronfler et
vibrer, chaque *Roue* engrène ses dents sur d'autres
roues, les wagons courent sur les rails, et le long
des fils les signaux ; mais aucun homme n'est plus
là comme émetteur ou récepteur, pour livrer ou
décharger. Les machines qui depuis un temps
savaient pouvoir se passer des hommes, les ont
pour finir chassés ; et après un long exil, les
animaux sauvages sont revenus occuper le territoire arraché à la forêt : les renards et les martres
étalent une queue légère sur les tableaux de
commande constellés de manomètres, de leviers,
de cadrans, de signaux ; les blaireaux et les loirs
musardent sur les accumulateurs et les magnétos.
L'homme a été nécessaire : il est maintenant

inutile. Pour que le monde reçoive des informa-
tions du monde et en jouisse, suffisent désormais
les ordinateurs et les papillons.

Ainsi se conclut la vengeance des forces terrestres déchaînées, explosions en chaîne de trombes
d'air et de typhons. Puis les oiseaux, déjà donnés
pour éteints, se multiplient, ils fondent par bandes
des quatre points cardinaux, avec des cris assour-
dissants. Lorsque le genre humain réfugié sous
terre veut revenir au jour, il voit, comme une
épaisse couverture, un ciel obscurci d'ailes. Les
hommes reconnaissent le jour du *Jugement* tel qu'il
est représenté sur les tarots. Et savent que d'une
autre carte l'annonce va se vérifier : le jour viendra
où une plume jettera au sol la tour de Nemrod.

Histoire du guerrier survivant.

Même si la narratrice est quelqu'un, là, qui connaît son affaire, il n'est pas dit que son histoire se suive mieux qu'une autre. Les cartes dissimulent plus de choses qu'elles n'en disent, et à peine une carte en dit-elle davantage que tout aussitôt d'autres mains essaient de la tirer de leur côté afin de la glisser dans un autre récit. On commence à raconter ce qui nous regarde, avec des cartes qui semble-t-il n'appartiennent qu'à nous, et tout d'un coup la conclusion se précipite en chevauchant celle d'autres histoires à travers les mêmes figures catastrophiques.

En voici un par exemple qui a tout l'air d'être un officier en service, et il a commencé par se reconnaître dans le *Cavalier de Bâton*, il a même fait passer la carte à la ronde, pour qu'on voie quel beau cheval caparaçonné il montait ce matin, quand il est parti de sa caserne, et quel joli uniforme il portait, garni de plaques brillantes sur la cuirasse, avec un gardénia à la boucle de la jambière. Son aspect authentique — paraît-il dire — c'était celui-là, et si à présent nous le voyons défait et mal en point c'est seulement à cause de l'effroyable aventure qu'il se prépare à raconter.

Mais à y bien regarder, le portrait contient également des éléments qui correspondent à l'aspect actuel : les cheveux blancs, l'œil perdu, la lance brisée réduite à un tronçon. A moins qu'il s'agisse non pas d'un morceau de lance (avec ça qu'il le tenait de la main gauche) mais d'une feuille de parchemin roulée, un message qu'il lui avait été ordonné de transmettre, avec peut-être à traverser les lignes ennemies. Supposons qu'il soit un officier d'ordonnance, et qu'il ait eu pour consigne de rejoindre le quartier général de son souverain ou commandant en chef, et de remettre en main propre une dépêche dont l'issue de la bataille dépend.

La bataille se déchaîne ; le cavalier se trouve pour finir en plein dedans ; les armées opposées s'ouvrent un chemin l'une dans l'autre comme sur un *Dix d'Épée*. Dans les batailles, deux façons de se battre sont recommandées : ou bien taper dans le tas, au hasard, à cogne qui pourra, ou se choisir un ennemi à sa mesure, le poursuivre et le travailler en finesse. Notre officier d'ordonnance voit venir vers lui un *Cavalier d'Épée* qui tranche sur les autres par l'élégance de son équipement, cavalier et monture : son armure, à la différence de celles qu'on voit autour de lui, qui sont des assemblages de pièces hétéroclites, est complète, pas une babiole ne manque, et elle est toute de la même couleur, du heaume jusqu'aux cuissards : un bleu pervenche, sur quoi ressortent le pectoral et les jambières dorés. Les pieds dans des babouches du même damas rouge que le caparaçon du cheval. Le visage, quoique défiguré par la sueur et la poussière, montre des traits fins. Le cavalier tient sa grosse épée de la main gauche, détail à ne pas négliger : les gauchers sont de redoutables adversaires. Mais notre officier brandit lui aussi sa masse de la main gauche, ils sont par conséquent l'un et l'autre gauchers et redoutables : deux adversaires dignes l'un de l'autre.

Les *Deux Épées* croisées dans un tourbillon de rameaux, de glands, folioles et fleurs en bouton, indiquent que ces deux-là se sont mis à l'écart pour mener un combat singulier, et qu'ils taillent à tort et à travers la végétation ambiante. Il semble d'abord à notre héros que le pervenche a le bras plus agile que puissant, et qu'il suffirait de l'attaquer à corps perdu pour l'emporter, mais l'autre lui assène une pluie de plats de sabre à le ficher en terre tel un clou. A présent les chevaux renversés comme des tortues lancent des ruades sur le sol semé d'épées tordues comme des serpents, et le guerrier pervenche résiste toujours, il est fort comme un cheval, fuyant comme le serpent, caparaçonné comme une tortue. L'acharnement du duel appelle un étalage de bravoure, le plaisir grandit de découvrir en soi-même et chez l'autre de nouvelles ressources inattendues : et ainsi de cette façon se glisse dans la bagarre le bonheur léger d'une danse.

A croiser le fer, notre combattant a bien oublié sa mission, lorsque résonne par-dessus le bois une trompette qu'on prendrait pour celle de l'Ange du *Jugement :* c'est l'oliphant qui appelle à se rassembler les fidèles de *L'Empereur.* Sans doute un grave danger menace-t-il l'armée impériale : sans plus tarder l'officier doit voler au secours de son souverain. Mais comment interrompre un duel qui engage à ce point, avec son honneur, son plaisir ? Il faut au plus vite le mener à son terme : il va donc

rattraper la distance qu'a prise son ennemi au moment où sonnait la trompette. Mais où est-il passé, le pervenche ? Un instant de perplexité a suffi pour que l'adversaire disparaisse. L'officier se jette dans le bois tout à la fois pour obéir à l'appel au secours et retrouver le fugitif.

Il se fraie un chemin au travers des fourrés, bâtons, broussailles et baguettes. D'une carte à la suivante le récit progresse brutalement par sauts, mais il faut ménager des enchaînements. Le bois finit d'un coup. La rase campagne s'étend tout autour, silencieuse ; elle paraît déserte, dans le crépuscule du soir. A y mieux regarder on voit qu'elle est remplie d'hommes, une foule en désordre qui la recouvre sans que le moindre recoin soit laissé libre. Mais c'est une foule couchée, comme un enduit posé sur la surface de la terre : plus un de ces hommes ne tient sur ses pieds, ils gisent étendus sur le ventre ou le dos, et ne sauraient lever la tête plus haut que l'herbe toute foulée.

Certains, que *La Mort* n'a pas encore immobilisés, gesticulent comme s'ils apprenaient à nager dans la boue noircie par leur sang. Ici et là affleure une main, qui s'ouvre et se referme à la recherche du poignet dont elle a été séparée, un pied s'essaie à remuer à pas légers sans plus de corps à supporter par-dessus les chevilles, têtes de pages et têtes de monarques secouent les longues boucles qui leur tombent dans les yeux ou s'efforcent de remettre droit une couronne posée de travers sur leur calvitie, mais ne font rien d'autre que du menton creuser la poussière et mordre les cailloux.

— Quel désastre s'est abattu sur l'armée impériale ?

Selon toute probabilité, voilà la question adressée par le cavalier au premier être vivant qu'il a rencontré ; lequel était tellement sale et dépenaillé que de loin il ressemblait au *Mat* des tarots et de près se révéla un soldat blessé boitillant s'enfuyant du lieu du carnage.

Dans le récit muet de notre officier, la voix de ce rescapé sonne faux, elle est rauque et bafouillante, un dialecte difficilement intelligible, des phrases mutilées du genre :

— Pas l'moment des violons, sieur' lieutenant ! T'as des jambes tu te sauves ! L'omelette s'est retournée ! C't'une armée la peste d'où qu'elle est sortie, jamais vu ça, de tous les diables ! Étaient pas là qu'ils te tombent dessus et on était bons pour les mouches ! Couvre-toi bien, sieur' officier, et barre-toi !

Déjà le soudard s'éloigne montrant la honte de braies ouvertes, flairé par les chiens errants comme un de leurs frères dans l'odeur, traînant après lui un paquet de butin ramassé dans les poches des cadavres.

Il en faudrait d'autres pour dissuader notre cavalier de poursuivre. Esquivant le hurlement des chacals, il explore les confins du champ de la mort. A la lumière de *La Lune*, il voit briller, suspendus à un arbre, un écu doré et une *Épée* d'argent. Il reconnaît les armes de son ennemi.

De la carte à côté parvient un bruit d'eau. Un torrent y court sous les roseaux. Le guerrier inconnu est là au bord, il se dépouille de son armure. Notre officier bien sûr ne peut en ce moment l'attaquer : il se cache et va l'attendre au passage, quand il sera de nouveau en armes, et en mesure de se défendre.

Des pièces de l'armure voici que sortent des

membres gracieux et blancs, et du heaume une cascade de cheveux noirs qui se défont et tombent dans le dos, jusqu'où il se recourbe. Ce guerrier-ci a une peau de jeune fille, la chair d'une dame, la poitrine et le giron d'une reine : c'est une femme qui sous *Les Étoiles*, accroupie auprès du ruisseau, se prépare à sa toilette du soir.

De même que toute nouvelle carte étalée sur la table explique ou corrige la signification des cartes qui l'ont précédée, de même cette découverte fait voler en éclats les passions et projets du cavalier : auparavant pour lui émulation, envie et chevaleresque respect d'un valeureux adversaire se heurtaient avec l'urgence qu'il y avait à vaincre, à se venger, à terrasser — à présent la honte d'avoir été tenu en échec par un bras de jeune fille, la hâte de rétablir la suprématie masculine un instant démentie, se rencontrent avec le désir brûlant de s'avouer sans plus attendre vaincu, prisonnier de ce bras, cette aisselle, cette poitrine-là.

De ces nouvelles impulsions, la première est la plus forte : si les rôles de l'homme et de la femme se sont trouvés confondus, il convient aussitôt de redistribuer les cartes, restaurer l'ordre soudain menacé, sans lequel on ne sait plus qui on est, ni non plus ce qu'on attend de vous. Cette épée n'est pas l'attribut d'une femme, c'est une usurpation. Le cavalier, qui face à un adversaire de son sexe jamais ne songerait à tirer avantage de le surprendre désarmé, et moins encore à lui dérober quoi que ce soit en cachette, voilà qu'il se glisse entre les buissons, qu'il s'approche des armes suspendues, d'une main furtive il empoigne l'épée, la détache de l'arbre, et se sauve. « La guerre entre l'homme et la femme ne connaît pas de normes ni de loyauté », pense-t-il, et encore, avec ce qui va lui arriver, il ne sait pas jusqu'où il est dans le vrai.

Il va disparaître dans le bois lorsqu'il se sent pris aux bras et aux jambes, attaché, *Pendu* la tête en bas. De tous les buissons de la rive, ont bondi des baigneuses nues aux longues jambes, comme celle qui sur la carte du *Monde* s'élance au travers des branchages. C'est un régiment de gigantesques guerrières qui se sont égaillées après la bataille au bord de l'eau pour se rafraîchir, se délasser, retremper leur *Force* de lionnes foudroyantes. En un instant toutes elles sont sur lui, elles le prennent et le renversent, se le disputent, elles le pincent, le tirent dans un sens et dans l'autre, elles y goûtent avec les doigts et la langue, avec les ongles et les dents, non, pas ça, vous êtes folles, laissez-moi, mais qu'est-ce que vous me faites maintenant, non pas là, je ne veux pas, assez, vous m'abîmez, aïe, aïe pitié.

Il est laissé pour mort quand lui porte secours un *Ermite* qui, à la lumière d'une lanterne, parcourt les lieux du combat, recomposant les dépouilles mortelles et soignant les plaies des mutilés. On peut déduire le discours du saint homme des toutes dernières cartes que le narrateur d'une main tremblante pose sur la table :

— Je ne sais s'il valait mieux que tu survives, ô soldat. Ce n'est pas seulement sur les armées de ta bannière que s'abattent la défaite et le carnage : l'armée des amazones justicières bouscule et massacre les régiments et les empires, elle se répand sur tous les continents assujettis depuis mille ans à la fragile domination masculine. L'armistice précaire, qui retenait l'homme et la femme de s'affronter au sein des familles, est rompu : épouses,

sœurs, filles et mères ne voient plus en nous des pères, des frères, des fils et des époux mais seulement des ennemis, et toutes accourent l'arme au poing pour grossir l'armée vengeresse. Les orgueilleuses places fortes de notre sexe tombent l'une après l'autre ; pas un de nous ne trouve grâce ; celui qu'elles n'assassinent pas, elles le châtrent ; un délai est seulement concédé à un tout petit nombre qui ont été sélectionnés comme faux-bourdons de la ruche, mais des supplices encore plus atroces les attendent, qui leur ôtent l'envie de s'en vanter. Pour l'homme qui pensait être l'Homme, pas de rachat. Des reines, pour nous châtier, gouverneront les prochains millénaires.

Histoire du royaume des vampires.

Un seul parmi nous n'a pas l'air de s'effrayer même des cartes les plus funestes, il semble au contraire qu'il entretienne avec l'Arcane Numéro Treize des relations de rude familiarité. Comme il s'agit d'un fort personnage dans le genre de celui qu'on voit en *Valet de Bâton* et que dans sa façon d'aligner les cartes on dirait qu'il se livre encore à son dur labeur quotidien, attentif à la bonne disposition de rectangles séparés par de petites allées régulièrement, il vient tout naturellement à l'esprit que le morceau de bois sur quoi il s'appuie, dans l'image, est le manche d'une pelle enfoncée en terre, et qu'il exerce la profession de fossoyeur.

Les cartes, dans une lumière incertaine, décrivent un paysage nocturne, les *Coupes* se profilent telles des urnes sépulcres tombeaux au milieu des orties, les *Épées* font un bruit de métal pareil à celui des bêches et des pioches sur les couvercles de plomb, les *Bâtons* se profilent comme des croix tordues, les *Deniers* étincellent comme des feux follets. Un nuage découvre-t-il *La Lune*, que s'élève le hurlement des chacals qui grattent furieusement la terre au bord des tombes et

ROY D'ÉPÉE

REYNE DE COUPE

disputent leurs festins pourris aux scorpions et aux tarentules.

Nous pouvons dans ce scénario nocturne imaginer un roi qui s'avance, perplexe, accompagné de son bouffon ou de son nain (les cartes du *Roi d'Épée* et du *Mat* font justement l'affaire), et supposer entre eux un dialogue, que le fossoyeur saisit au vol. Que cherche-t-il, le roi, ici, à pareille heure ? La *Reine de Coupe* nous suggère qu'il suit les traces de son épouse ; le bouffon l'a vue qui sortait en cachette du palais et, un peu par plaisanterie un peu sérieusement, il a convaincu le souverain de la filer. Le nain, en trouble-fête qu'il est, suspecte une intrigue d'*Amour* ; mais le roi est persuadé que tout ce que fait sa femme peut paraître à la lumière du *Soleil* : c'est l'assistance à l'enfance abandonnée qui l'oblige à tous ces va-et-vient.

Il est optimiste par vocation, le roi : tout va pour le mieux dans son royaume, les *Deniers* circulent et s'investissent, les *Coupes* d'abondance s'offrent à la soif joyeuse d'une clientèle prodigue, la *Roue* de la grande machinerie tourne jour et nuit par ses propres forces, *La Justice* est tout à la fois rigoureuse et rationnelle comme celle qui sur la carte a le visage fixe d'une employée à son guichet. La ville qu'il a bâtie est taillée à facettes comme un diamant ou comme l'*As de Coupe*, elle est aussi ajourée qu'une râpe à fromage par les fenêtres de ses gratte-ciel, verticalement parcourue d'ascenseurs en montée-descente, ceinturée très haut de périphériques, riche en parkings, creusée par une fourmilière lumineuse de voies souterraines, c'est une ville dont les flèches dominent les nuages et qui ensevelit les ailes sombres de ses miasmes dans les viscères du sol, où ils n'offusqueront pas la vue imprenable des grandes vitres ni l'éclat des structures chromées.

Avec le bouffon, au contraire, chaque fois qu'il ouvre la bouche, ce sont, entre deux grimaces ou quolibets, des soupçons, médisances, angoisses, et alarmes : selon lui la grande machinerie est poussée par des bêtes infernales, et les ailes noires qui dépassent sous la ville (ou la coupe) indiquent un péril qui la menace de l'intérieur. Le roi doit jouer le jeu : ne paie-t-il pas le fou justement pour qu'il le contredise et le brocarde ? C'est dans les cours une vieille et sage tradition que le fou, le jongleur, le poète aient pour fonction de renverser et tourner en dérision les valeurs sur lesquelles le souverain édifie son pouvoir, qu'ils lui démontrent que toute ligne droite dissimule un envers tordu, tout produit fini un chambardement de pièces qui ne concordent pas, tout discours suivi un bla-bla-bla. Et pourtant il arrive que ces railleries éveillent chez le roi une vague inquiétude : elle aussi sans doute prévue, voire garantie par contrat entre le roi et son jongleur, mais qui inquiète tout de même, et pas seulement parce que le seul moyen de jouir d'une inquiétude est de s'inquiéter, mais aussi parce qu'il s'inquiète en vérité.

Comme maintenant que le fou a conduit le roi dans ce bois où nous nous sommes tous perdus.

— J'ignorais qu'il restât dans mon royaume des forêts aussi épaisses, doit avoir observé le monarque, et à ce propos avec ce qui se dit sur mon compte, que j'empêche les feuilles de respirer l'oxygène par leurs pores et de digérer dans leurs sèves vertes la lumière, je ne peux que me réjouir.

Et le fou :

— Je serais toi, Majesté, je ne me réjouirais pas tellement. Ce n'est pas au-dehors de la métropole illuminée que la forêt étend son ombre, mais au-dedans : dans les têtes de tes sujets conscients et productifs.

— Voudrais-tu insinuer que quelque chose échappe à mon contrôle, Fou ?

— C'est ce que nous allons voir.

Le bois touffu laisse maintenant la place à des allées renforcées de terre fraîchement remuée, à des fosses rectangulaires, à des blancheurs comme de champignons affleurant. Pour notre horreur, le Treizième Tarot nous avertit que le sous-bois s'engraisse de cadavres frais et d'os décharnés.

— Mais où m'as-tu entraîné, Fou ? C'est un cimetière !

Et le bouffon, montrant la faune invertébrée qui pâture dans les tombes :

— Ici règne un souverain plus puissant que toi, Sa Majesté le Ver !

— Je n'ai jamais vu sur mon territoire un endroit où l'ordre laisse autant à désirer. Quel est l'imbécile préposé à ce ministère ?

— Moi, pour Vous servir, Majesté.

Voici le moment où le fossoyeur entre en scène. Il va débiter sa tirade :

« Pour refouler la pensée de la mort, les citoyens cachent les cadavres par ici, comme ils peuvent. Mais on a beau refouler : ils y repensent, et ils reviennent vérifier s'ils les ont assez bien enterrés, si les morts quand ils sont morts sont véritablement quelque chose qui diffère des vivants, parce que autrement les vivants ne seraient plus tellement sûrs d'être vivants, vous me suivez ? Et donc, entre les sépultures et les exhumations retirer, remuer, remettre, pour moi il y a toujours du boulot !

Le fossoyeur crache dans ses mains et retourne à sa pelle.

Notre attention se porte sur une autre carte qui paraît vouloir passer inaperçue, *La Papesse*, et nous la montrons à notre commensal d'un geste interrogatif : un geste où pourrait se traduire une question du roi qui vient d'apercevoir une silhouette drapée dans un manteau de nonne, accroupie là entre les tombes :

— Qui est cette vieille qui gratte chez les morts ?

— Dieu me garde, ici la nuit se promène une mauvaise race de femmes, aura répondu le fossoyeur en se signant. Expertes en philtres et livres de magie, elles viennent chercher des ingrédients pour leurs maléfices.

— Suivons-la, et étudions son comportement.

Le bouffon à ce moment-là aurait fait demi-tour en frissonnant.

— Je vous conjure de rester à l'écart !

— Je dois pourtant savoir jusqu'où dans mon royaume subsistent les vieilles superstitions !

On ne peut douter du caractère obstiné du roi : guidé par le fossoyeur, il suit la femme. Aux lueurs sidérales de l'Arcane XVII, nous la voyons ôter son manteau puis sa coiffe monacale. Elle n'est pas vieille du tout ; elle est belle ; elle est nue. Le clair de lune nous le révèle : la visiteuse nocturne du cimetière ressemble à la reine. C'est d'abord le roi qui reconnaît le corps de son épouse, les seins mignons en forme de poire, l'épaule moelleuse, la cuisse généreuse, le ventre ample et oblong. A peine relève-t-elle le front et montre-t-elle son

visage, encadré par une lourde chevelure dénouée
sur ses épaules, que nous aussi restons la bouche
ouverte : s'il n'y avait cette expression ravie qu'on
ne trouve pas bien sûr dans les portraits officiels,
elle serait toute pareille à la reine.

— Comment ces immondes sorcières peuvent-
elles se permettre de prendre l'aspect des personnes bien élevées et haut placées ?

Telle sera, et pas une autre, la réaction du roi,
qui, pour éloigner de sa femme tout soupçon, est
prêt à reconnaître aux sorcières un certain nombre
de pouvoirs surnaturels, y compris celui de se
transformer à leur gré. Cette autre explication qui
satisferait mieux aux exigences de la vraisemblance
(« Ma femme la pauvre, avec sa fatigue, même les
crises de somnambulisme devaient s'emparer
d'elle ! »), il l'aura tout de suite repoussée, en
voyant à quelles laborieuses opérations s'adonne la
présumée somnambule : agenouillée au bord d'une
fosse, elle enduit le sol de philtres innommables.
(Si même les outils qu'elle tient dans ses mains ne
sont pas à interpréter comme des lampes autogè-
nes vomissant des étincelles pour désouder les
plombs d'une bière.)

Quel que soit le procédé, c'est bien de l'ouver-
ture d'une tombe qu'il s'agit, scène qu'un autre
tarot prévoit pour le jour du *Jugement* à la fin des
temps, et qu'anticipe maintenant la main fragile
d'une dame. S'aidant de *Deux Bâtons* et d'une
corde, la sorcière extrait de la fosse un corps *Pendu*
par les pieds. C'est un mort à l'aspect bien
conservé ; une chevelure épaisse, d'un noir presque bleu, pend du crâne pâle ; les yeux sont
écarquillés comme sous l'effet d'une mort violente,
les lèvres serrées sur de longues canines pointues,

que la sorcière découvre d'un geste caressant.

Au milieu de tant d'horreur un détail ne nous échappe pas : si la sorcière est un sosie de la reine, ainsi de même le cadavre et le roi se ressemblent comme deux gouttes d'eau. Le seul à ne pas s'en apercevoir, c'est précisément le roi, auquel échappe une exclamation compromettante :

— Sorcière... vampire... et adultère !

Donc, il admet que la sorcière et sa femme ne sont qu'une seule et même personne ? Ou peut-être pense-t-il que prenant les traits de la reine, la sorcière doit encore en respecter les obligations ? Peut-être pourrait-il se consoler, de savoir qu'il n'est trahi que par son propre *Doppelgänger* : mais personne n'a le courage de l'en avertir.

Quelque chose d'indécent se passe au fond de la tombe : la sorcière s'est accroupie sur le cadavre, pareille à une poule qui couve ; voici que le mort s'érige pareil à l'*As de Bâton* ; comme le *Valet de Coupe* il porte à ses lèvres un calice que la sorcière lui a offert ; comme veut le *Deux de Coupe* ils trinquent ensemble, levant leurs verres rougis par un sang frais sans caillots.

— Mon royaume métallisé aseptisé est donc encore en pâture aux vampires, immonde secte et féodale !

C'est ce que doit vouloir dire le cri du roi, tandis que mèche par mèche ses cheveux se dressent sur sa tête, pour retomber tout blanchis. La métropole qu'il a toujours crue compacte et transparente comme une coupe taillée dans le cristal de roche, elle se révèle poreuse et pourrie comme un vieux bouchon enfoncé tant bien que mal pour fermer une brèche à la frontière humide infecte du royaume des morts.

— Sache (l'explication ne peut venir que du croque-mort) que cette ensorceleuse revient chaque nuit de solstice et d'équinoxe sur la tombe du mari qu'elle-même a tué, qu'elle le déterre, qu'elle lui rend la vie en le nourrissant à ses propres veines, puis qu'elle se joint à lui dans le grand sabbat des corps qui, du sang d'autrui, alimentent leurs artères épuisées et réchauffent leurs parties honteuses perverses et polymorphes.

Les tarots rapportent deux versions de ce rite impie, tellement différentes l'une de l'autre qu'elles semblent l'œuvre de deux mains étrangères : l'une qui est grossière, qui s'efforce de représenter une figure exécrable, à la fois homme et femme et chauve-souris, appelée *Le Diable* ; l'autre toute festons et guirlandes, qui célèbre la réconciliation des forces terrestres et célestes, symbole de la totalité du *Monde*, par le moyen d'une fée ou d'une nymphe qui danse, nue et dans l'allégresse. (Mais la gravure des deux tarots est due sans doute à une seule et même personne, quelque adepte clandestin d'un culte nocturne, qui aurait ébauché à traits raides l'épouvantail du Diable pour railler l'ignorance des exorcistes inquisiteurs, et aurait réservé son invention ornementale pour l'allégorie de la foi secrète.)

— Dis-moi, brave homme, comment je peux libérer mes terres de ce fléau ? aura demandé le roi.

Et, tout de suite repris d'un sursaut belliqueux (les cartes d'*Épée* sont toujours là pour lui rappeler que le rapport des forces reste en sa faveur), il aura proposé :

« Je pourrais très bien recourir à mon armée, entraînée comme elle est aux mouvements tournants ou enveloppants, à tout mettre à fer et à feu, à répandre le vol et l'incendie, à raser tout ce qui dépasse du sol, à ne rien laisser derrière soi, brin d'herbe, feuille au vent, ou âme qui vive...

— Majesté, ce n'est pas la peine, interrompt le fossoyeur.

Dans ses nuits au cimetière, il doit en avoir vu de toutes les couleurs.

« Quand le Sabbat se laisse surprendre par le premier rayon du Soleil naissant, tous, sorcières et vampires, incubes et succubes, s'enfuient, se métamorphosent en chouettes, en chauves-souris, en toutes sortes de chéiroptères. Et sous de telles enveloppes, j'ai pu le remarquer, ils perdent leur invulnérabilité habituelle. Le moment venu, à l'aide de ce piège dissimulé, nous capturerons l'ensorceleuse.

— Je te fais confiance, brave homme, allons, au travail !

Tout s'accomplit selon les plans du fossoyeur : du moins, c'est ce que nous pouvons déduire lorsque la main du roi s'arrête sur le mystérieux arcane de *La Roue*, qui peut désigner aussi bien la sarabande des spectres zoomorphes, qu'un piège bricolé avec des moyens de fortune (la sorcière y est tombée, sous la forme d'une répugnante chauve-souris couronnée, en même temps que deux lémures, ses succubes, trépignant dans le petit moulin sans pouvoir en sortir), ou encore la rampe de lancement sur laquelle le roi a encapsulé l'infernal gibier, pour l'envoyer sur une orbite sans retour et en débarrasser le champ de gravité terrestre où tout ce que tu jettes en l'air te retombe sur la tête, et par exemple le décharger sur les terrains vagues de cette *Lune*, qui depuis trop

longtemps commande aux déferlements des lycan-
thropes, à la génération des moustiques, aux
menstrues, et n'en prétend pas moins se garder
pure incontaminée candide. Le narrateur contemple d'un regard anxieux la courbe qui enlace le
Deux de Deniers comme s'il scrutait la trajectoire
de la Terre à la Lune, le seul chemin qu'il ait
trouvé pour radicalement expulser l'incongru de
son horizon, étant admis que déchue de son haut
rang de déesse, Séléné s'est résignée au rang de
poubelle céleste.

Un tressaillement. La nuit est déchirée par un
éclair, très loin au-dessus de la forêt, en direction
de la ville lumineuse qui à l'instant s'évanouit dans
l'obscurité, comme si la foudre s'était abattue sur
le château — *La Maison-Dieu* —, décapitant la
tour la plus élevée qui touche au ciel de la métropole, ou comme si une saute de tension à l'intérieur des installations surchargées de la Grande
Centrale avait plongé le monde dans le black-out.

« A court-circuit, longue nuit », un proverbe de
mauvais augure vint à l'esprit du croque-mort et de
nous tous, qui nous imaginons (comme sur l'arcane
numéro un, dit du *Bateleur*) les ingénieurs en train
de s'affairer au démontage du Grand Cerveau
Mécanique, pour y trouver la panne dans une
confusion de rondelles, bobines, électrodes et tout
le bataclan.

Les mêmes cartes, dans ce récit, sont lues puis
relues avec des significations diverses : la main du
narrateur hésite, nerveuse, et indique de nouveau
La Maison-Dieu puis *Le Pendu*, comme nous
invitant à reconnaître dans les photogrammes flous
d'un journal du soir les instantanés d'un atroce fait
divers : une femme qui tombe d'une hauteur

vertigineuse dans le vide entre des façades de gratte-ciel. Dans la première des deux images, la chute est bien rendue par le geste des mains, la jupe retournée, la simultanéité de la double figure tourbillonnante ; dans la seconde, par le détail du corps qui avant de s'écraser au sol se prend les pieds dans les fils : ce qui explique la panne d'électricité.

Il nous est de la sorte donné de reconstituer mentalement le crime, par la voix haletante du fou rejoignant le roi :

— La reine ! La reine ! Elle descendait tout d'une traite ! Au milieu d'étincelles ! Tu vois les météores ? Elle veut ouvrir les ailes ! Non, elle est attachée par les pattes ! Elle tombe la tête la première ! Elle se prend dans les fils et elle y reste ! Toute raide dans les hauteurs de la haute tension ! Elle donne des coups de pied, elle crépite, elle se débat ! Elle crève, notre souveraine bien-aimée ! Toute roide elle pend...

Un tumulte s'élève.

— La reine est morte ! Notre bonne souveraine ! Elle s'est jetée d'un balcon ! Et c'est le roi qui l'a tuée ! Vengeons-la !

De tous côtés on accourt à pied, à cheval, armé d'*Épées*, de *Bâtons*, d'*Écus*, et on dispose comme appâts des *Coupes* de sang empoisonné.

« Il y a des vampires derrière tout ça ! Le royaume est entre ces mains-là ! Attrapez-les ! En commençant par le roi !

*Deux histoires
où on se cherche
pour s'y perdre.*

Les clients de la taverne s'envoient des coups autour de la table peu à peu recouverte de cartes, ils s'efforcent de sortir de cette mêlée confuse les tarots de leur propre histoire, et plus les histoires deviennent embrouillées et tirées par les cheveux plus les cartes ainsi éparpillées trouvent leur place dans une mosaïque bien rangée. Est-ce seulement le fait du hasard, ce dessin, ou bien l'un d'entre nous n'en construit-il pas avec patience l'assemblage ?

Il y a par exemple un homme âgé qui dans la bousculade conserve son calme méditatif et, avant de poser une carte, chaque fois réfléchit beaucoup, comme absorbé par une opération au résultat incertain, une combinaison d'éléments très quelconques mais de laquelle peut surgir une solution surprenante. La barbe professorale blanche et bien soignée, le regard grave où perce une pointe d'inquiétude, sont quelques-uns des traits qu'il a en commun avec le *Roi de Deniers*. Ce portrait de lui-même, et à côté les cartes de *Coupe* et de *Deniers* qu'on voit autour, pourraient inciter à le définir comme un de ces alchimistes qui ont dépensé leur vie à rechercher les combinaisons des éléments et leurs métamorphoses. Dans les alambics et les éprouvettes que lui apporte le *Valet de Coupe,* son famulus ou assistant, il scrute le bouillonnement de liquides denses comme de l'urine, que les réactifs colorent en nuages d'indigo ou de cinabre, d'où doivent se détacher les molécules du roi des métaux. Attente vaine : ce n'est jamais que du plomb qui reste au fond des récipients.

Il est connu de tous, ou du moins il devrait l'être, que si l'alchimiste cherche le secret de l'or par goût de la richesse, ses expériences échouent lamentablement : il doit tout à l'inverse se libérer des égoïsmes et limitations individuelles, ne plus faire qu'un avec les forces qui se meuvent au sein des choses, et alors, à cette première transformation véritable, qui est la sienne propre, les autres s'enchaînent sans difficulté. Ayant dédié ses meilleures années à ce Grand Œuvre, notre vieil homme, à présent qu'il a en main un jeu de tarots, c'est encore un équivalent du Grand Œuvre qu'il veut composer avec, disposant les cartes en un tableau où se puissent lire du haut vers le bas et de gauche à droite et vice versa, toutes les histoires, la sienne comprise. Mais quand il lui semble qu'il a réussi à faire cadrer ensemble les histoires des autres, il s'aperçoit que c'est la sienne qui s'est perdue.

Il n'est pas le seul à chercher dans la succession des cartes la voie d'un changement intérieur qui permettrait d'agir sur l'extérieur. Il y a aussi celui, là, qui, avec la belle inconscience de la jeunesse, pense se reconnaître dans la plus fière figure de guerrier de tout le jeu, le *Cavalier d'Épée,* et s'imagine affronter les cartes d'*Épée* les plus tranchantes, ou celles de *Bâton* les plus pointues. Mais

avant d'atteindre la ligne qui lui a été fixée, il devra accomplir un long détour (comme l'indique le signe serpentin du *Deux de Deniers*), défier *(Deux d'Épée)* les puissances infernales *(Le Diable)* invoquées par l'Enchanteur Merlin *(Le Bateleur)* en sa forêt de Brocéliande *(Sept de Bâton)* : tout cela pour être à la fin admis à la Table Ronde *(Dix de Coupe)* du roi Arthur *(Roi d'Épée),* à la place que jusqu'alors aucun chevalier n'avait été trouvé digne d'occuper.

A bien y regarder, tout autant pour l'alchimiste que pour le chevalier errant, le point d'arrivée devrait être l'*As de Coupe ;* pour l'un, il contient le phlogiste ou la pierre philosophale ou l'élixir de longue vie, et pour l'autre, c'est le talisman sur quoi veille de Roi Pêcheur, le vase mystérieux dont un premier poète ne prit pas le temps de nous expliquer ce qu'il était — ou n'en voulut rien dire — et duquel depuis lors coulent en conjectures des flots d'encre : religion romaine ou celtique ? (Peut-être est-ce précisément cela que voulait le trouvère champenois : que soit incessamment ouverte la querelle du *Pape* et du Druide-*Ermite.* Pas de meilleur endroit pour garder un secret qu'un roman inachevé.)

Par conséquent le problème que voulaient résoudre nos deux commensaux en disposant des cartes autour de l'*As de Coupe*, c'était tout à la fois celui du Grand Œuvre alchimique et celui de la Recherche du Graal. Chacun dans les mêmes cartes, prises une à une, peut reconnaître les étapes de son Art ou de son Aventure : dans *Le Soleil* ou l'astre de l'or ou l'innocence de l'enfant guerrier, dans *La Roue* ou le mouvement perpétuel ou l'enchantement du bois, dans *Le Jugement* ou la

mort et la résurrection (des métaux et de l'âme) ou
l'appel céleste.

Les choses étant ce qu'elles sont, les deux
histoires risquent continuellement de buter l'une
contre l'autre, si on ne met pas le mécanisme bien
au clair. L'alchimiste est celui qui, pour obtenir des
changements de la matière, essaie de rendre son
âme inaltérable et pure comme de l'or ; mais
prenez le cas d'un Faust qui retourne la règle de
l'alchimie, qui fait de l'âme une valeur d'échange
et par ce moyen espère que la nature deviendra
incorruptible : il n'y aura plus à chercher l'or
puisque tous les éléments seront également précieux, le monde est d'or et l'or c'est le monde. De
la même façon : un chevalier errant règle ses
actions sur une loi morale absolue et rigide afin que
la loi naturelle conserve l'abondance à la terre avec
une indulgence entière : mais là-dessus supposons
un Perceval ou Parzival ou Parsifal en qui se
retourne la règle de la Table Ronde : les vertus
chevaleresques seront chez lui involontaires, elles
lui sortiront comme un don de nature, comme les
couleurs aux ailes des papillons, et ainsi venant à
bout de ses entreprises avec une insouciance éton-
née, peut-être réussira-t-il à soumettre la nature à
sa volonté, à tenir dans sa main la science du
monde, à cicatriser la plaie du Roi Pêcheur et à
restituer la lymphe verte aux terres désertiques.

La mosaïque de cartes sur quoi nous avons le
regard cloué est alors l'Œuvre ou la Quête à quoi
on voudrait aboutir sans travail ni recherche. Le
docteur Faust s'est fatigué de faire dépendre des
lentes transformations qui interviennent au-dedans
de lui les métamorphoses instantanées des métaux,
il doute de la sagesse qui s'accumule au long d'une

vie solitaire d'*Ermite,* il est déçu quant aux pouvoirs de son art, tout de même que par les tripatouillages des tarots. A ce moment, un éclair illumine sa cellule en haut de la tour *(La Maison-Dieu).* Se présente devant lui un personnage coiffé d'un chapeau à larges bords, comme celui que les étudiants portent à Wittenberg : peut-être s'agit-il d'un clerc errant, ou d'un *Bateleur* charlatan, un mage de foire, qui a déballé sur une table pliante un laboratoire de petits pots dépareillés.

— Tu crois contrefaire mon art ? (C'est ainsi que le vrai alchimiste aura apostrophé l'imposteur.) Quelle lavasse ranges-tu dans tes marmites ?

— Le bouillon qui était aux origines du *Monde* (c'est ainsi que peut-être aura répondu l'inconnu), où ont pris forme les cristaux les plantes les espèces animales et le lignage de l'homo sapiens !

Tout ce qu'il dit apparaît en transparence dans la matière en ébullition au fond d'un creuset incandescent : comme ce qu'à présent nous-mêmes contemplons sur l'Arcane XXI. Au milieu de cette carte, qui porte le plus grand chiffre de tous les tarots (et c'est celle qui vaut le plus dans les comptes des joueurs), vole, nue, une déesse couronnée de myrte, peut-être Vénus ; dans les quatre figures qui sont autour, on reconnaît des images pieuses plus récentes, mais peut-être n'est-ce là que travesti prudent pour d'autres apparitions moins incompatibles avec le triomphe de la déesse qui est là au milieu : centaures sirènes harpies gorgones peut-être, qui régnaient sur le monde avant que ne l'eût emporté l'autorité de l'Olympe, ou peut-être encore dinosaures mastodontes ptérodactyles mammouths, essais de la nature avant qu'elle se fût résignée — on ne sait pour combien de temps — au primat humain. Il y en a encore qui voient dans la figure centrale non pas une Vénus mais l'Hermaphrodite, symbole des âmes qui parviennent au centre du monde, point culminant de l'itinéraire que doit parcourir l'alchimiste.

— Donc, tu peux aussi faire de l'or ?

C'est ce qu'aura demandé le docteur.

Et l'autre :

— Regarde !

C'est ce qu'il a dû répondre, en faisant miroiter des coffres débordants de lingots faits à la maison.

— Et tu peux me redonner la jeunesse ?

Voilà que le tentateur lui montre l'arcane de *L'Amoureux,* où l'histoire de Faust se confond avec celle de Don Juan Tenorio : elle aussi, sans aucun doute, dissimulée dans le filet des tarots.

« Que veux-tu, contre ton secret ?

Le *Deux de Coupe* est un aide-mémoire du secret pour faire de l'or : où l'on peut comprendre aussi bien la séparation des esprits du Soufre et du Mercure, que l'union du Soleil et de la Lune, ou la lutte du Fixe et du Volatile, recettes qu'on lit dans tous les traités mais pour ce qui est de réussir tu peux passer ta vie à souffler dans tes fourneaux sans arriver à rien.

Il semble que notre commensal en soit lui-même à déchiffrer dans les tarots une histoire qui en est encore à se passer à l'intérieur de lui. Mais pour le moment il ne paraît pas précisément qu'on doive en attendre des imprévus : le *Deux de Deniers* en sa vive efficacité graphique veut signifier un échange, un troc, un *do-ut-des ;* et puisque la contrepartie de cet échange ne peut être que l'âme

du narrateur, il est aisé de reconnaître une allégorie ingénue dans la fluide apparition ailée de *La Tempérance*; et si c'est le trafic des âmes qui importe à ce sorcier louche, il ne reste plus de doutes sur son identité de *Diable*.

Avec l'aide de Méphistophélès, chaque désir de Faust est aussitôt satisfait. Ou plutôt, pour dire les choses comme elles sont, Faust obtient un équivalent en or de ce qu'il désire.

— Et tu n'es pas content ?

— Je croyais que la richesse c'était le divers, le multiple, le changeant ; je ne vois que des tas d'un métal uniforme qui vont et viennent et s'accumulent, et ne servent à rien d'autre que se multiplier eux-mêmes, toujours pareils.

Tout ce qu'il touche devient or. Ainsi l'histoire du docteur Faust se confond encore avec celle du roi Midas, quand elle passe par l'*As de Deniers* qui représente le globe terraqué devenu sphère en or massif, desséché en son abstraction monétaire, non comestible, inhabitable.

— Tu te repens déjà d'avoir signé un pacte avec le Diable ?

— Non, l'erreur a été de troquer une seule âme contre un seul métal. C'est seulement si Faust se compromet avec plusieurs diables à la fois qu'il sauvera son âme plurielle, qu'il trouvera des paillettes d'or dans les matières plastiques, qu'il verra Vénus continuellement renaître sur les rivages de Chypre, chassant les nappes de mazout, l'écume de détersifs...

L'Arcane XVII, qui peut conclure l'histoire du docteur en alchimie, peut d'autre part inaugurer l'histoire de notre aventureux champion, illustrant sa naissance à la belle *Étoile*. Fils d'un père inconnu et d'une reine détrônée vagabonde, Parsifal a sur les épaules le mystère des origines. Pour l'empêcher d'en savoir davantage, sa mère (qui devait avoir ses raisons) lui a appris à ne jamais poser de questions, et l'a élevé dans la solitude, l'exemptant du dur apprentissage de chevalerie. Mais jusque dans ces bruyères sauvages errent des chevaliers errants : le garçon sans rien demander à personne se mêle à leur bande, prend les armes, monte en selle, et foule aux pieds sous les sabots de son cheval une mère trop longtemps sécurisante.

Enfant d'une union coupable, matricide sans le savoir, bientôt engagé dans un amour non moins prohibé, Parsifal léger court le monde, avec une parfaite innocence. Ignorant de tout ce qu'on doit apprendre pour mener à bien sa vie, il se comporte selon les règles de chevalerie parce qu'il lui vient d'agir ainsi. Et c'est resplendissant d'une belle ignorance, qu'il traverse des contrées lourdes d'un obscur savoir.

Des terres désolées s'étendent sous *La Lune*. Accroché à la rive d'un lac aux eaux mortes, il est un château — *La Maison-Dieu* — sur la tour duquel s'est abattue une malédiction. Y séjourne Amfortas, le Roi Pêcheur, qu'ici nous voyons, vieux et méhaignié, se touchant une plaie qui ne se referme pas. Tant que cette plaie ne guérira, la roue des transformations ne recommencera pas de

tourner, qui passe de la lumière du soleil à la
verdure des feuilles et à la joie des fêtes de
l'équinoxe, au printemps.

Peut-être que le péché du roi Amfortas consiste
en un savoir engorgé, une science rabougrie,
conservée peut-être au fond du récipient que
Parsifal voit porter en procession dans les escaliers
du château, et il voudrait apprendre ce que c'est, et
malgré tout il se tait. La force de Parsifal est d'être
tellement neuf au monde et tellement occupé de la
volonté d'en être, qu'il ne lui vient jamais à l'esprit
de poser des questions sur ce qu'il voit. Une
question de lui pourtant suffirait, une première
question qui provoquerait en chaîne les questions
de tout ce qui n'en a jamais posé à travers le
monde, et alors le dépôt des siècles coagulé au
fond des vases des fouilles se libère, les ères
écrasées entre les couches telluriques recommen-
cent à se dérouler, le futur récupère le passé, le
pollen des saisons d'abondance depuis des millénaires enterré dans les tourbières s'envole de
nouveau, s'élève par-dessus la poussière des
années de siccité...

Je ne sais depuis combien de temps (des heures
ou des années) Faust et Parsifal s'appliquent à
retrouver leurs itinéraires, tarot après tarot, sur la
table de la taverne. Mais chaque fois qu'ils se
penchent sur les cartes, leur histoire se lit d'une
autre façon, elle subit des corrections, des varian-
tes, elle se ressent des humeurs de la journée et du
cours des pensées, elle oscille entre deux pôles :
tout et rien.

— Le monde n'existe pas, conclut Faust quand le pendule est au plus loin de lui, il n'existe pas un tout donné en une fois : il y a un nombre fini d'éléments dont les combinaisons se multiplient par milliards de milliards, et parmi elles quelques-unes seulement trouvent une forme et un sens, qui s'imposent au milieu de la poussière insensée et sans forme ; comme les soixante-huit cartes du jeu de tarots dans les rapprochements desquelles apparaissent des séquences de récits qui aussitôt se défont.

Cependant que la conclusion (toujours provisoire) de Parsifal serait :

— Le noyau du monde est vide, le principe de ce qui se meut dans l'univers c'est l'espace du rien, ce qui existe se construit autour d'une absence, au fond du graal il y a le tao.

Et il montre le rectangle vide, au centre, qu'entourent les tarots.

HAMLET   ŒDIPE   JUSTINE

L'INDÉCIS

LA GÉANTE DE LA FORÊT

PARSIFAL

LE FOSSOYEUR

LE GUERRIER SURVIVANT

L'AUTEUR

ROI LEAR   FAUST   LADY MACBETH

Moi aussi
je veux raconter la mienne.

J'ouvre la bouche, je veux articuler un mot, je gémis, ce serait le moment de raconter la mienne, il est clair que les cartes de ces deux-là sont celles de mon histoire aussi, l'histoire qui m'a conduit jusqu'ici, une série de mauvaises rencontres qui n'est peut-être qu'une série de rencontres manquées.

Pour commencer je dois attirer l'attention sur la carte dite du *Roi de Bâton,* où on voit assis un personnage, qui si personne ne le revendique, pourrait très bien être moi : d'autant qu'il pointe vers le bas un instrument pointu, comme je fais moi en ce moment, et en effet cet instrument si on le regarde bien ressemble à un stylo ou un calame ou un crayon bien taillé ou une plume Sergent-Major ou un stylo-bille, et s'il paraît d'une taille disproportionnée ce sera pour signifier l'importance que l'instrument d'écriture en cause revêt dans l'existence du sédentaire personnage en question. Pour autant que je sache, le fil noir qui sort par la pointe de ce sceptre à dix sous, c'est le chemin qui m'a conduit jusqu'ici, et par conséquent il n'est pas exclu que *Roi de Bâton* soit l'appellation qui m'échoie, et en ce cas *Bâton* doit être entendu dans le sens de ces barres que les

enfants font à l'école, premier balbutiement de qui veut communiquer en traçant des signes, ou dans le sens du bois de peuplier dont on pétrit la blanche cellulose pour en débiter des rames de feuilles vierges prêtes pour s'offrir aux tracés.

Le *Deux de Deniers* est pour moi aussi le signe d'un échange, de cet échange qui loge en chaque signe depuis le premier griffonnage que le premier scribe traça pour qu'il se distingue de tous les autres griffonnages, le signe d'écriture apparenté à tous les autres genres de troc, inventé pas pour rien par des Phéniciens, impliqué dans la circulation comme les monnaies d'or, la lettre qu'il ne faut pas prendre à la lettre, la lettre qui transvalue les valeurs qui sans lettre ne valent rien, la lettre toujours prête à grandir de son propre mouvement et s'orner des fleurs du sublime, tu la vois là historiée et fleurie en sa face signifiante, élément premier des Belles Lettres, et qui enveloppe dans ses spirales la circulation du signifié, S qui serpente pour signifier qu'elle est là toute prête à signifier les signifiés, signe signifiant qui revêt la forme d'un S pour que ses signifiés prennent eux-mêmes la forme de petits *s*.

Et toutes ces *Coupes* ne sont rien d'autre qu'encriers à sec qui attendent que dans le noir de l'encre viennent à la surface les démons les puissances d'en bas les ogres les hymnes à la nuit les fleurs du mal au cœur des ténèbres, ou bien qu'y plane l'ange mélancolique qui distille les humeurs de l'âme et en extrait états de grâce et épiphanies. Mais rien ne vient. Le *Valet de Coupe* me représente quand je me penche pour scruter l'intérieur de l'involucre de moi ; et je n'ai pas l'air satisfait : j'ai beau secouer et presser, mon âme est un encrier sec. Quel *Diable* voudra la prendre en paiement et m'assurer la réussite de mon œuvre ?

Le *Diable* devrait être la carte que dans mon métier on rencontre le plus souvent : la matière première de l'écriture n'est-elle pas toute dans la remontée au jour de griffes velues, crocs canins, cornes caprines, violences interdites qui pataugent dans le noir ? Mais la chose peut encore être vue de deux façons : ou bien ce grouillement démoniaque dans les personnes du singulier et du pluriel, dans les faits accomplis ou prétendus tels, et dans les mots prononcés ou supposés tels, est une façon de faire et de parler qui ne va pas bien, et il convient de la laisser absolument tomber ; ou bien au contraire, elle est ce qui compte par-dessus tout : à partir de quoi il est recommandable, puisqu'elle est là, de la faire sortir ; deux façons de voir lesquelles ensuite peuvent se mélanger de plusieurs façons, parce qu'il pourrait se trouver que le négatif par exemple soit négatif en effet mais nécessaire dans la mesure où sans lui le positif n'est pas positif, ou encore que le négatif n'existe pas en vérité et que le seul cas de négatif soit celui qui se prend pour positif.

En ce dernier cas il ne reste à l'homme qui écrit qu'un seul modèle auquel tendre : ce marquis diabolique au point qu'on l'appelle divin, celui par qui le langage s'est trouvé lancé aux frontières sombres du pensable. (Et alors, l'histoire, que nous devrons essayer de lire dans nos tarots, ce sera celle de deux sœurs, mettons la *Reine de Coupe* et la *Reine d'Épée*, l'une angélique l'autre perverse. Dans le couvent où la première a pris le voile, à peine se retourne-t-elle qu'un *Ermite* la

culbute et abuse de ses charmes dans son dos ; à
elle qui vient se plaindre, l'abbesse ou *Papesse*
réplique :

— Tu ne connais pas le monde, Justine : le
pouvoir de *Denier* et de l'*Épée* jouit par-dessus
tout de ramener les humains à l'état de choses ; la
variété des plaisirs n'a pas de limites, pas plus que
les combinaisons des réflexes conditionnés ; toute
la question est de savoir qui conditionne les
réflexes. Ta sœur Juliette peut t'initier aux secrets
des enchevêtrements *Amoureux ;* d'elle, tu pour-
ras apprendre qu'il y a qui jouit de faire tourner *La
Roue* des supplices, et qui d'être *Pendu* par les
pieds.)

Tout cela est comme un rêve que la parole porte
en soi et qui, passant par celui qui écrit, se libère en
le libérant. Dans l'écriture, ce qui parle c'est le
refoulé. Mais alors *Le Pape* à la barbe chenue ce
pourrait être le grand pasteur d'âmes, l'interprète
des songes, Sigismond de Vienne, et pour en avoir
confirmation il n'y a qu'à vérifier si quelque part
dans le tableau des tarots on peut lire l'histoire qui,
à ce qu'enseigne sa doctrine, se cache dans la trame
de tous les récits sans exception. Prenez un jeune
homme, le *Valet de Deniers,* qui veut écarter de lui
une noire prophétie de parricide et de noces avec
sa propre mère. Faites-le partir à l'aventure sur un
Chariot richement décoré. Le *Deux de Bâton*
signale un croisement, sur la grand-route pou-
dreuse, ou même : c'est le croisement, et celui qui
y a été peut reconnaître l'endroit où la route qui
vient de Corinthe rencontre celle qui va à Thèbes.
L'*As de Bâton* témoigne d'une rixe de rue, et
même de carrefour, comme lorsque deux chariots

refusent mutuellement de se donner le passage et
qu'ils restent sur place, leurs moyeux encastrés les
uns dans les autres : les conducteurs sautent à terre
furieux et couverts de poussière, en s'insultant,
c'est le cas de le dire, comme des charretiers,
chacun traitant de porc et de vache le père et la
mère de l'autre, et pour peu que l'un sorte de sa
poche une arme blanche il se peut très bien qu'il y
ait un mort. De fait voici l'*As d'Épée,* voici *Le Fou,*
voici *La Mort* : c'est l'inconnu, celui qui venait de
Thèbes, qui est resté sur le carreau, ça lui apprendra à contrôler ses nerfs, toi, Œdipe, tu ne l'as pas
fait exprès, nous le savons bien, ç'a été un raptus,
n'empêche que tu t'es jeté sur lui à main armée
comme si toute ta vie tu n'avais attendu que ce
moment. Parmi les cartes qui viennent ensuite, il y
a *La Roue de la Fortune* c'est-à-dire le Sphinx, il y a
l'entrée dans Thèbes en *Empereur* triomphant, il y
a les *Coupes* du festin des noces avec Jocaste que
nous voyons ici représentée en *Reine de Deniers,*
avec ses vêtements de veuve, une dame mûre mais
désirable. Et la prophétie s'accomplit : la peste
infeste Thèbes, un nuage de bacilles tombe sur la
cité, inonde de ses miasmes les rues et les maisons ;
les corps après éruption de bubons rouges et bleus
tombent raides dans les rues, et lèchent de leurs
lèvres sèches l'eau fangeuse des mares. Dans ces
cas-là, il ne reste plus qu'à recourir à la Sibylle de
Delphes, à elle de dire quelles lois ou quels tabous
ont été violés : la vieille avec une tiare et un livre
ouvert, bizarrement étiquetée sous l'épithète de
Papesse, c'est bien elle… Si l'on veut, on peut dans
l'arcane dit du *Jugement* reconnaître la scène
primitive à quoi ramène la doctrine sigismon-
dienne des songes : le tendre petit ange se réveille

dans la nuit et voit au travers des brumes du rêve les grandes personnes qui font il ne sait pas quoi, toutes nues dans des positions incompréhensibles, papa maman et tous leurs invités. C'est le destin qui parle dans le rêve. Il n'y a plus qu'à en prendre acte. Œdipe, qui ne savait rien, s'arrache la lumière des yeux : littéralement le tarot de *L'Ermite* le représente quand il s'enlève des yeux une flamme, et qu'il prend le chemin de Colone avec le manteau et le bâton du pèlerin.

L'écriture avertit de tout ça comme l'oracle, et comme la tragédie elle en purifie. En somme, il n'y a pas là de quoi faire un drame. L'écriture en somme possède un sous-sol qui appartient à l'espèce, ou du moins à la civilisation, du moins dans les limites de certaines catégories de revenus. Et moi alors ? Et ce plus ou moins de délicatement propre ou personnel que je croyais y mettre ? S'il m'est permis d'évoquer l'ombre d'un auteur pour accompagner mes pas hésitants dans les territoires du destin individuel, du moi, du (comme on dit à présent) « vécu », ce sera celle de l'Égotiste de Grenoble, du provincial à la conquête du monde, que je lisais autrefois comme si j'attendais de lui l'histoire que je devais écrire (ou vivre : il y avait confusion entre les deux verbes, chez lui ou dans le moi de ce temps. Lesquelles des cartes m'indiquerait-il, s'il répondait encore à mon appel ? Celles du roman que je n'ai pas écrit, avec *L'Amour* et toute cette énergie qu'il met en mouvement et les palpitations et les imbroglios ; *Le Chariot* triomphant de l'ambition, *Le Monde* qui vient vers toi, et la beauté, promesse du bonheur ? Mais moi ici je ne vois que modèles de scènes qui se répètent et

sont pareilles, le train-train de tous les jours, la
beauté telle que la photographient les hebdoma-
daires. C'était ça, la recette que j'attendais de lui ?
(Pour le roman et pour quelque chose d'autre
obscurément lié au roman : « la vie » ?) Qu'est-ce
qui devait tout tenir ensemble et a disparu ?

J'écarte un tarot, j'en écarte un autre, je me
retrouve avec bien peu de cartes en main. Le
Cavalier d'Épée, L'Ermite, Le Bateleur, c'est toujours moi tel que tour à tour je me suis imaginé que
j'étais, cependant que je continuais d'être assis
promenant ma plume sur la page de haut en bas.
L'élan guerrier de la jeunesse s'éloigne au galop
par des sentiers d'encre, avec l'anxiété existentielle
et l'énergie de l'aventure, dépensés dans un carnage de ratures et de feuilles jetées au panier. Sur
la carte suivante je me retrouve dans les vêtements
d'un vieux moine, depuis des années isolé au fond
de sa cellule, rat de bibliothèque qui traque à la
lumière d'une lanterne une sagesse oubliée parmi
les notes en bas de page et les renvois des index. Le
moment est peut-être arrivé d'admettre que le
tarot numéro un est le seul à représenter honnête-
ment ce que j'ai réussi à être : un prestidigitateur
ou illusionniste qui dispose sur son étalage de foire
un certain nombre de figures et qui, les déplaçant,
les réunissant, les échangeant, obtient un certain
nombre d'effets.

Le tour de passe-passe qui consiste à aligner des
tarots pour en tirer des histoires, je pourrais aussi
le réussir avec des peintures de musées : mettre par

exemple un saint Jérôme à la place de *L'Ermite,* un saint Georges à celle du *Cavalier d'Épée,* et voir ce qui s'ensuit. Ils se trouvent être, comme par hasard, parmi les sujets de peinture qui m'ont le plus attiré. Dans les musées, je m'arrête toujours volontiers devant les saints Jérôme. Les peintres représentent l'ermite comme un savant qui consulte des traités au grand air, assis à l'entrée d'une grotte. Un peu plus loin est couché un lion domestique et tranquille. Pourquoi le lion ? La parole écrite apprivoise les passions ? Ou bien : elle se soumet les forces de la nature ? Ou bien : elle se trouve en harmonie avec l'inhumanité de l'univers ? Ou bien : elle couve une violence contenue mais toujours prête à s'élancer, à tout déchirer ? Qu'on l'explique comme on veut, il a plu aux peintres que saint Jérôme ait avec lui un lion (c'était prendre au sérieux l'historiette de l'épine dans la patte, un quiproquo de copiste de plus), et cela me procure à moi satisfaction sécurité de les voir ensemble, et d'essayer de m'y reconnaître, pas spécialement dans le saint ni même dans le lion (qui du reste se ressemblent souvent) mais dans les deux ensemble, dans l'ensemble, dans le tableau : figures objets paysage.

Le paysage : les instruments de la lecture et de l'écriture y sont posés sur les rochers dans l'herbe parmi les lézards, ils y deviennent produits et outils de la continuité minéral-végétal-animal. Au milieu du bric-à-brac de l'ermite, il y a un crâne : la parole écrite tient toujours présente à l'esprit la rature de la personne qui a écrit ou de celle qui lira. La nature inarticulée englobe dans son discours le discours de l'homme.

Mais il faut noter que nous ne sommes pas dans

le désert, dans la jungle, dans l'île de Robinson : la
ville est là à deux pas. Les peintures d'ermites ont,
presque toujours, une ville pour fond. Une gravure
de Dürer est tout entière occupée par la ville,
pyramide basse entaillée de tours carrées et de
toits pointus ; le saint, tapi sur un mamelon au
premier plan, lui tourne le dos, et il ne détache pas
ses yeux du livre, sous son capuchon monacal.
Dans la pointe sèche de Rembrandt, la ville haute
domine le lion qui promène son mufle alentour, et
le saint dans le bas, qui bienheureux lit, à l'ombre
d'un noyer, sous un chapeau à larges bords. Le
soir, les ermites voient s'allumer des lumières aux
fenêtres, le vent leur apporte par bouffées la
musique des fêtes. En un quart d'heure, s'ils le
voulaient, ils seraient de retour dans le monde. La
force de l'ermite se mesure non pas à la longueur
du chemin qu'il a parcouru pour être où il est, mais
au peu de distance qu'il lui suffit de prendre pour
se détacher de la ville, sans jamais la perdre de
vue.

Parfois l'écrivain solitaire est figuré dans son
cabinet ; là un saint Jérôme, s'il n'y avait le lion, se
confondrait facilement avec un saint Augustin : le
métier d'écrire uniformise les vies individuelles, un
homme à son écritoire ressemble à un autre
homme à son écritoire. Mais il n'y a pas que le lion,
d'autres animaux visitent la solitude du savant,
discrets messagers du dehors : un paon (chez
Antonello de Messine, à Londres) un louveteau
(chez Dürer, autre gravure), un petit chien maltais
(chez Carpaccio, à Venise).

Dans ces intérieurs, ce qui compte c'est comment un certain nombre d'objets bien distincts sont
disposés dans un certain espace, en laissant courir

sur leurs surfaces la lumière et le temps : volumes reliés, rouleaux de parchemin, clepsydres, astrolabes, coquillages, la sphère suspendue au plafond qui montre comment roulent les ciels (à sa place, chez Dürer, il y a une citrouille). La figure du saint Jérôme-saint Augustin peut être assise au beau milieu de la toile, comme chez Antonello, mais nous savons que le portrait comporte le catalogue des objets, et l'espace de la pièce reproduit l'espace de l'esprit, l'idéal encyclopédique de l'intellect, son ordre, ses classifications, son calme.

Ou son inquiétude : saint Augustin, chez Botticelli (aux Offices), commence à s'énerver, il roule en boule feuille sur feuille, qu'il jette par terre sous la table. Même dans le cabinet où règnent la sérénité absorbée, la concentration, le loisir (je regarde toujours le Carpaccio) passe une imprécisable tension : les livres abandonnés ouverts voient leurs pages tourner toutes seules, la sphère suspendue oscille, la fenêtre dispense une lumière oblique, le chien lève son museau. Dans l'espace intérieur couve l'annonce d'un bouleversement : à la limite, l'harmonieuse géographie intellectuelle touche à l'obsession paranoïaque. Ou bien ce sont les grondements du dehors qui font trembler les fenêtres ? Comme la ville seule donnait un sens à l'âpre paysage de l'ermite, de même le cabinet, avec son silence et son ordre, est en vérité un endroit où l'on enregistre des oscillations de sismographes.

Depuis maintenant des années je suis renfermé ici, ruminant mille bonnes raisons de ne pas mettre le nez dehors, et n'en trouvant pas une qui me mette l'âme en paix. Peut-être que j'en viens à regretter des façons de m'exprimer plus extraver-

ties ? car il y a eu un temps où passant dans les
musées je m'arrêtais pour confronter et interroger
les saints Georges et leurs dragons. Les tableaux
de saint Georges ont cette vertu : ils laissent voir
que le peintre était content, de peindre un saint
Georges. Parce qu'on peint saint Georges sans
trop y croire, ne croyant qu'en la peinture, au
thème non ? Il semble que les peintres aient
toujours été conscients du statut instable de saint
Georges (en tant que saint de légende, trop semblable au Persée du mythe ; en tant que héros
mythologique, trop semblable au frère mineur de
la fable), au point de le regarder toujours d'un œil
de « primitif ». Mais, dans le même temps, y
croyant : à la façon qu'ont les peintres et les
écrivains de croire à une histoire qui est passée par
tant de formes : à force de la peindre et de la
repeindre, de l'écrire et de la récrire, si elle n'est
pas vraie elle le devient.

Dans les tableaux des peintres, saint Georges a
toujours un visage impersonnel, il en va comme du
Cavalier d'Épée des cartes, et sa lutte avec le
dragon est une image sur un blason, fixée hors du
temps, soit qu'on le voie au galop la lance en arrêt,
comme chez Carpaccio, charger dans sa moitié de
toile le dragon qui se précipite dans l'autre moitié,
et entrer dedans avec une expression concentrée,
la tête très basse, comme à vélo (autour, parmi les
détails, il y a pour calendrier des cadavres dont les
diverses phases de décomposition recomposent le
déroulement temporel du récit), soit que cheval et
dragon se superposent comme pour former un
monogramme, tels que dans le Raphaël du Lou-
vre, et saint Georges travaille à la lance, du haut
vers le bas, la gueule du monstre, opérant selon

une angélique chirurgie (ici, le reste du récit se
condense en une lance brisée par terre et une
vierge gentiment effrayée) ; ou encore que, dans la
séquence princesse-dragon-saint Georges, la bête
(un dinosaure) soit présentée comme l'élément
central (Paolo Uccello, à Londres et à Paris) ou
qu'au contraire saint Georges sépare le dragon, là
au fond, de la princesse qui est au premier plan
(Tintoret, à Londres).

Dans tous les cas, saint Georges accomplit son
entreprise sous nos yeux, enfermé dans sa cuirasse,
sans rien nous révéler de lui-même : la psychologie
n'est pas faite pour l'homme d'action. Nous pourrions même dire que la psychologie est toute du
côté du dragon, avec ses contorsions rageuses :
l'ennemi le monstre le vaincu ont un pathos que le
héros vainqueur est loin de posséder (ou il se garde
bien de le montrer). De là à dire que le dragon est
la psychologie, il n'y a qu'un pas : et même, qu'il
est la psyché, c'est le fond obscur de lui-même que
saint Georges affronte, un ennemi qui a déjà fait sa
litière de nombreux jeunes gens ou jeunes filles, un
ennemi intérieur qui devient un objet d'exécrable
extériorisation. Histoire d'une énergie projetée
dans le monde ou journal d'une introversion ?

D'autres peintures représentent la phase suivante (le dragon étendu par terre est une tache sur
le sol, un involucre dégonflé), on y célèbre la
réconciliation avec la nature, qui pousse arbres et
rochers à occuper tout le tableau, reléguant dans
un coin les figurines du guerrier et de son monstre
(Altdorfer, à Munich ; Giorgione, à Londres) ; ou
bien c'est la fête d'une société régénérée, autour
du héros et de sa princesse (Pisanello, à Vérone, et
Carpaccio, dans les toiles suivantes du cycle des

Schiavoni). (Sous-entendu pathétique : le héros étant un saint, il n'y aura pas de mariage, rien qu'un baptême.) Saint Georges conduit le dragon en laisse sur la place, pour le mettre à mort au cours d'une cérémonie publique. Mais dans toute cette fête de la ville libérée de l'incube, il n'y a personne qui sourie : tous les visages sont graves. Les trompettes et les tambours résonnent, c'est une exécution capitale que nous sommes venus voir, l'épée de saint Georges est suspendue en l'air, nous avons tous le souffle suspendu, nous sommes sur le point de comprendre que le dragon ce n'est pas seulement l'ennemi, le différent, l'autre, mais encore nous, que c'est une partie de nous-mêmes et que nous devons la juger.

Le long des murs des Schiavoni, à Venise, les histoires de saint Georges et de saint Jérôme se déroulent l'une à la suite de l'autre comme si elles ne faisaient qu'une seule histoire ; la vie du même homme, jeunesse maturité vieillesse et mort. Je n'ai qu'à trouver la piste qui unit l'entreprise chevaleresque à la conquête de la sagesse. Mais si précisément j'avais à l'instant réussi à renvoyer saint Jérôme vers le dehors, et saint Georges vers l'intérieur ?

Réfléchissons. A y bien regarder, l'élément commun aux deux histoires est dans la relation avec une bête féroce, dragon ennemi ou lion ami. Le dragon menace la ville, le lion la solitude. Nous pouvons les considérer comme un seul animal : la bête féroce que nous rencontrons tout aussi bien au-dehors qu'au-dedans de nous, en public et en privé. Il existe une façon coupable d'habiter la ville : accepter les conditions de la bête féroce en lui donnant en pâture nos enfants. Il existe une

façon coupable d'habiter la solitude : se croire à
l'abri parce que la bête féroce a été rendue
inoffensive par une épine dans la patte. Le héros
de l'histoire est celui-là qui en ville pointe sa lance
dans la gueule du dragon, et qui dans la solitude
conserve auprès de lui un lion en toute sa force,
l'acceptant comme gardien et génie domestique,
mais sans se dissimuler sa nature de fauve.

Donc j'ai réussi à conclure, je peux m'estimer
satisfait. Mais n'aurai-je pas été trop rassurant ? Je
me relis. Je déchire tout ? Voyons, la première
chose à dire est que l'histoire de saint Jérôme-saint
Georges n'est pas une histoire avec un commencement et une fin : nous sommes au milieu d'une
pièce, avec des figures qui s'offrent à la vue toutes
à la fois. Le personnage ou bien réussit à être le
guerrier et le sage en tout ce qu'il fait et qu'il
pense, ou il ne sera ni l'un ni l'autre, et le fauve,
lui, est en même temps dragon ennemi dans la
sauvagerie quotidienne de la ville et lion tutélaire
dans l'espace des pensées : et il ne se laisse pas
affronter sinon sous ses deux formes ensemble.

Ainsi j'ai tout mis à sa place. Sur le papier, du
moins. En moi, tout demeure comme avant.

*Trois histoires
de folie
et de destruction.*

Maintenant que nous avons vu ces morceaux de carton graisseux devenir un musée de tableaux de maîtres, un théâtre de tragédie, une bibliothèque de romans et de poèmes — le ruminement muet des mots terre à terre qui, pour se loger dans les figures des arcanes, devait hausser le ton tant bien que mal, va pouvoir essayer de voler plus haut, de battre des ailes avec des paroles mieux emplumées, de celles qu'on écoute par exemple du poulailler quand les coulisses vermoulues d'une scène dont le parquet craque se transforment en palais royaux et champs de bataille.

Et en effet les trois qui se mettaient à se quereller à présent le faisaient par gestes solennels, comme s'ils déclamaient. Et si tous trois pointaient du doigt une même carte, de l'autre main et par des mimiques évocatrices ils s'employaient à bien signifier que ces figures étaient à comprendre comme ceci, non comme cela. Voici que maintenant dans la carte dont le nom varie suivant les usages et idiomes : *Tour, Maison-Dieu, Maison du Diable,* un jeune homme qui prend son épée — dirait-on — pour se gratter la tête sous une libre chevelure blonde — blanche à présent —, recon-

naît les glacis du château d'Elseneur quand le noir de la nuit est traversé par une apparition qui fait s'évanouir de peur les sentinelles : avance majestueuse d'un spectre qui ressemble aussi bien avec sa barbe poivre et sel et son heaume et sa cuirasse resplendissants à *L'Empereur* des tarots qu'un défunt roi du Danemark revenu pour réclamer *Justice.* Sous cette forme qui invite à parler, les cartes se prêtent aux questions muettes du jeune homme :

— Pourquoi les pesantes mâchoires de ton sépulcre se sont-elles ouvertes ? Que signifie, cadavre bardé de fer, ton retour sous les rayons douteux de *La Lune* ?

Une dame l'interrompt, au regard exorbité, qui prétend reconnaître dans cette même tour le château de Dunsinane quand se déchaînera la vengeance que les sorcières ont obscurément annoncée : la forêt de Birnam se mettra en marche remontant les pentes de la colline, de grandes troupes d'arbres avanceront sur leurs racines sorties de terre, dressant leurs branches comme sur le *Dix de Bâton* à l'assaut de la forteresse, et l'usurpateur apprendra que Macduff, né d'un coup d'épée, est celui qui d'un coup d'*Épée* lui taillera le chef. Et de même que trouve un sens la sinistre conjonction des cartes : *Papesse,* disons : sorcière prophétique, *Lune,* disons : nuit où trois fois le chat tigré miaula, où piaula le hérisson, et scorpions crapauds vipères de se laisser jeter en potage, *Roue,* disons : brassage dans un chaudron où bouillonnent et se défont momies de sorcières, fiel de chèvre, poil de chauve-souris, cervelle de fœtus, tripes de putois, queues de guenons en chierie — de la même façon les signes les plus insensés que les sorcières pétrissent dans leur mixture finissent tôt ou tard par trouver un sens qui les confirme, et te réduisent, toi et ta logique, en bouillie.

Mais sur *La Maison-Dieu* pointe encore le doigt tremblant d'un vieillard, qui de l'autre main a levé la figure du *Roi de Coupe,* sans doute pour se faire reconnaître, étant donné qu'aucun des attributs royaux ne demeure sur sa personne dépouillée de tout : elles ne lui ont rien laissé en ce monde ses deux filles dénaturées (c'est ce qu'il semble dire en montrant deux portraits de cruelles dames couronnées, puis le paysage désolé de la *Lune*) et à présent on veut lui prendre jusqu'à cette carte, qui est la preuve de comment il a été chassé de son palais, jeté comme une poubelle hors des murs, abandonné à la furie des éléments. Maintenant il habitait la tourmente et la pluie et le vent comme s'il ne pouvait avoir d'autre demeure, comme s'il était inconcevable que le monde contînt encore autre chose que grêle tonnerre tempête, et comme si son esprit désormais n'abritait plus que vent, éclairs et folie.

— Soufflez, vents, à crever vos joues ! Faites rage ! Soufflez ! Trombes et cataractes, jaillissez, jusqu'à submerger nos clochers, jusqu'à en noyer les coqs ! Feux de soufre plus immédiats que l'idée, avant-coureurs des foudres fendeuses de chênes, venez roussir ma tête blanche ! Et toi, tonnerre, grand ébranleur, écrase l'épaisse rotondité de ce monde, mets-le à plat, fais craquer les moules de la nature, disperse d'un seul coup tous les chromosomes qui perpétuent l'ingrate essence des humains.

Cet ouragan de pensées nous le lisons dans les yeux du vieux souverain assis parmi nous, les épaules voûtées serrées non plus sous le manteau d'hermine mais dans la robe de *L'Ermite,* comme s'il errait toujours à la lueur de sa lanterne dans la lande exposée, avec *Le Fou* pour unique soutien et miroir.

Et voyez : pour le jeune homme du début, *Le Fou* n'est rien qu'un rôle qu'il s'est imposé, pour dresser un plan de vengeance et mieux dissimuler son âme qu'a bouleversée la révélation des fautes de sa mère Gertrude et de son oncle. Si c'est là une névrose, dans toute névrose il y a de la méthode et dans toute méthode de la névrose. (Nous le savons bien, nous qui sommes cloués à notre jeu de tarots.) C'était l'histoire des rapports entre les jeunes et les vieux qu'il allait nous raconter, Hamlet : plus elle se sent fragile devant l'autorité des anciens, plus la jeunesse se trouve conduite à se faire une idée d'elle-même extrême et absolue, et plus elle reste dominée par le poids des fantasmes parentaux. Les jeunes ne provoquent pas chez les anciens un trouble moindre : ils menacent tels des fantômes, ils rôdent la tête baissée, remâchant leurs rancœurs, faisant ressurgir les remords que leurs aînés avaient enfouis, dépréciant ce que les plus âgés croyaient avoir de mieux : l'expérience. Eh bien, qu'il fasse le fou, Hamlet, avec ses bras mal tirés, son livre ouvert sous le nez : les âges de transition sont sujets aux troubles de l'esprit. Du reste sa mère l'a surpris (*L'Amoureux !*) à délirer pour Ophélie : le diagnostic est vite fait, disons folie d'amour et ainsi tout s'explique. Celle qui n'y gagnera rien ce sera Ophélie, pauvre ange : l'arcane qui la désigne est la *Tempérance* où déjà se prévoit sa fin aquatique.

Voici que *Le Bateleur* annonce qu'une troupe de

saltimbanques ou de comédiens en tournée est
venue donner un spectacle à la cour : bonne
occasion pour placer les souverains devant leurs
fautes. Le drame représente une *Impératrice* adultère et meurtrière : Gertrude s'y reconnaît-elle
Claudius troublé s'esquive. De ce moment, Hamlet sait que son oncle l'épie derrière un rideau : il
suffirait d'un bon coup d'*Épée* dans une draperie
qui bouge et le roi tomberait raide mort. Qu'est-ce
donc ? Un rat ? Un ducat qu'il est mort ! Hélas : là
se trouvait caché non pas le roi mais (c'est ce que
révèle la carte dite de *L'Ermite*) le vieux Polonius,
figé à jamais dans l'acte d'écouter, pauvre espion
qui point ne sut apporter grande lumière. Rien ne
te réussit, Hamlet : tu n'as pas apaisé l'ombre de
ton père et tu as rendu orpheline la jeune fille que
tu aimais. Ton caractère te destinait aux spéculations abstraites de l'esprit : ce n'est pas pour rien
que le *Valet de Deniers* te représente absorbé dans
la contemplation d'un dessin circulaire : peut-être
un *mandala,* diagramme d'ultraterrestre harmonie.

Notre convive la moindre contemplative elle-
même, autrement dit la *Reine d'Épée,* enfin : Lady
Macbeth, paraît, à la vue de *L'Ermite,* bouleve-
sée : peut-être y voit-elle une autre apparition
spectrale, l'ombre encapuchonnée de Banquo
mort égorgé, qui avance avec peine à travers les
couloirs du château, s'assoit sans y être invité à la
place d'honneur du festin, laisse goutter dans la
soupe ses mèches ensanglantées. Ou bien elle y
reconnaît son mari en personne, Macbeth, celui
qui a assassiné le sommeil : à la lueur de sa
lanterne, en pleine nuit, il visite les chambres de
ses hôtes, hésitant comme un moustique à qui il

déplairait de faire des taches sur les taies d'oreiller.
« Mains de sang et cœur blême ! » Son épouse
l'excite et le houspille, mais cela ne veut pas dire
qu'elle soit beaucoup pire que lui : en bons
conjoints ils se sont partagé les rôles, le mariage est
la rencontre de deux égoïsmes qui s'écrasent
mutuellement et à partir de quoi les lézardes se
propagent dans les fondations de la société civile,
les piliers du bien public s'appuient sur les écailles
de vipère de la barbarie privée.

Cependant, nous l'avons vu, c'est avec bien plus
de vraisemblance que le roi Lear s'est reconnu
dans *L'Ermite* qui erre fou à la recherche de
l'angélique Cordélia (voici, *La Tempérance* est
encore une carte perdue, et celle-ci par sa seule
faute), la fille qu'il n'a pas comprise, qu'il a
injustement chassée pour écouter les menteuses
perfidies de Régane et Gonerille. Avec les filles,
quoi qu'il fasse, un père se trompe : aussi autori-
taires ou permissifs qu'ils soient, personne ne
viendra jamais remercier les géniteurs : les généra-
tions se regardent de travers, elles ne se parlent
que pour ne pas se comprendre, pour se donner
réciproquement la faute de grandir malheureux et
de mourir déçus.

Où est-elle allée finir, Cordélia ? Peut-être, sans
plus d'asile ni de vêtements pour se couvrir,
s'est-elle réfugiée sur ces landes désertes, et boit-
elle l'eau dans les fossés, et comme à Marie
l'Égyptienne les oiseaux lui apportent des grains de
millet pour la nourrir. Tel serait par conséquent le
sens de l'arcane de *L'Étoile,* celui même où Lady
Macbeth se reconnaît en somnambule qui se lève la
nuit sans vêtements et de ses yeux clos contemple
les taches de sang sur ses mains et s'épuise en

bains inutiles. Quoi d'autre ! Il y a toujours l'odeur du sang ; tous les parfums de l'Arabie ne purifie- raient pas cette petite main-là.

Hamlet vient au travers d'une telle interpréta- tion. Il est, dans son récit, arrivé au moment où (arcane du *Monde*) Ophélie perd la raison, babille non-sens et rengaines, erre à travers prés ceinte de guirlandes — renoncules, orties blanches, pâque- rettes, et digitales pourprées auxquelles nos ber- gers libertins donnent un nom vulgaire mais que nos chastes filles appellent membres des défunts — et pour continuer son histoire il a justement besoin de cette carte-là, l'arcane XVII, où l'on voit Ophélie sur la rive d'un ruisseau, penchée vers le courant vitreux et mucilagineux qui un instant plus tard la noiera peignant en vert de moisi ses cheveux.

Caché entre les tombes du cimetière, Hamlet pense à *La Mort* quand il soulève le crâne sans mâchoire de Yorick le bouffon. (C'est donc cela, l'objet arrondi que le *Valet de Deniers* tient dans ses mains !) Là où *Le Fou* de profession est mort, la folie de la destruction qui trouvait en lui son issue et son miroir selon des codes rituels, se mêle au langage aux actes des princes et des sujets, dès lors mal défendus contre eux-mêmes. Hamlet sait déjà que partout où il intervient il accumule les maladresses : on croit qu'il n'est pas capable de tuer ? Mais c'est la seule chose qu'il réussit ! Le malheur c'est qu'il se trompe à tous les coups de cible : quand on tue, ce n'est jamais celui qu'il faut.

Deux Épées se croisent pour un duel : elles semblent identiques mais l'une est acérée et l'autre est émoussée, l'une est empoisonnée et l'autre aseptisée. Quoi qu'il arrive, ce sont toujours les

jeunes gens qui s'égorgent les premiers, Laërtes et Hamlet qu'un sort meilleur aurait vus beaux-frères et non l'un pour l'autre la victime et le bourreau. Le roi Claudius a jeté dans la *Coupe* une perle, c'est une pastille de poison, pour son neveu : Gertrude, ne buvez pas ! Mais la reine a soif : trop tard ! L'épée de Hamlet a transpercé trop tard le roi, l'acte cinq touche à sa fin.

Dans toutes les stratégies l'approche du *Char* de guerre d'un roi vainqueur marque le tomber du rideau. Fortinbras de Norvège débarque sur l'île blanche de la Baltique, le palais est silencieux, le condottiere pénètre parmi les marbres : mais c'est une morgue ! voilà que toute la famille royale du Danemark a trépassé. O *Mort* orgueilleuse et snob ! Pour quelle fête ou soirée de gala en ton antre éternel as-tu frappé d'un même coup sanglant tant de princes, taillant de ton coupe-papier dans le Gotha ?

Non ce n'est pas Fortinbras : c'est le roi de France marié à Cordélia, il a traversé la Manche, au secours de Lear, il serre de près l'armée du Bâtard de Gloucester que se disputent deux reines rivales et perverses, mais il ne pourra à temps libérer de leur cage le roi fou et sa fille, enfermés là à chanter comme des oiseaux et rire aux papillons. C'est la première fois qu'un peu de paix règne dans la famille : il suffirait qu'un truand soit en retard de quelques minutes. Il est à l'heure, il étrangle Cordélia, il est étranglé par Lear qui s'écrie :

— Pourquoi un chien, un cheval, un rat auraient-ils vie, quand Cordélia ne respire plus ?

Il ne reste plus à Kent, au fidèle Kent, d'autre vœu à lui adresser que :

— Brise-toi, cœur ; je t'en prie, brise-toi !

A moins qu'il ne s'agisse ni du roi de Norvège ni du roi de France mais de celui d'Écosse, l'héritier légitime du trône usurpé par Macbeth, et son char approche à la tête de l'armée anglaise, et le moment est venu pour Macbeth de conclure :

— Je commence à être las du *Soleil* et souhaite que se casse la syntaxe du *Monde* : que se mêlent les cartes, les feuilles de l'in-folio, les fragments de ce miroir du désastre.

Des deux textes qui composent ce volume, le premier, *le Château des destins croisés,* a d'abord été publié dans le livre *Tarocchi, Il mazzo visconteo di Bergamo e New York,* chez Franco Maria Ricci editore, à Parme, en 1969. Les figurines qui accompagnent le texte dans la présente édition veulent rappeler à la mémoire les miniatures reproduites dans leurs couleurs et leurs dimensions originales par l'édition Ricci. Il s'agit d'un jeu de tarots peints par Bonifacio Bembo pour les ducs de Milan vers le milieu du XVe siècle, et qui se trouvent actuellement pour une part à l'Accademia Carrara de Bergame, pour l'autre part à la Morgan Library de New York. Quelques cartes du jeu de Bembo ont été perdues, dont deux très importantes pour mes narrations : *Le Diable* et *La Maison-Dieu.* Là où ces cartes sont appelées par mon texte, je n'ai pu par conséquent mettre en marge l'image correspondante.

Le second texte, *la Taverne des destins croisés,* est construit suivant la même méthode mais d'après le jeu de tarots aujourd'hui internationalement le plus diffusé (et qui a eu, surtout depuis le surréalisme, un beau destin littéraire) : *L'Ancien Tarot de Marseille* de chez B.-P. Grimaud, qui reproduit (dans une « édition critique » établie par Paul Marteau) un jeu imprimé en 1761 par Nicolas Conver, *maître cartier* à Marseille. A la différence des tarots enluminés, ceux-ci se prêtent à une reproduction graphique, même réduite, sans trop perdre de leur pouvoir de suggestion, sinon pour les couleurs. Le jeu « marseillais » n'est pas très différent des tarots encore utilisés aujourd'hui en Italie ; mais alors que dans les cartes des jeux italiens, la figure est coupée par la moitié pour se répéter tête-bêche, ici toutes les figures gardent leur plénitude de tableautin tout à la fois grossier et mystérieux, ce qui le rend particulièrement propres à mon entreprise.

Les noms français et les noms italiens des arcanes majeurs présentent quelques différences : *Le Mat, Il Matto* en italien, veut dire *Le Fou* ; nous disons pour *La Maison-Dieu, La Torre* ; pour *Le Jugement, L'Angelo* ; pour *L'Amoureux, L'Amore* ou *Gli Amanti* ; et *L'Étoile* au singulier passe au pluriel, *Le Stelle.* J'ai suivi l'une ou l'autre dénomination selon les cas. (*Le Bateleur* et *Il Bagatto* sont des noms dont l'origine est obscure dans l'une et l'autre langue : leur seule signification certaine est qu'il s'agit du tarot numéro un.)

L'idée d'utiliser les tarots comme machine narrative combinatoire m'est venue de Paolo Fabbri qui, lors d'un « Séminaire international sur les structures du récit » en juillet 1968 à Urbino, avait présenté une communication sur *le Récit de la cartomancie et le langage des emblèmes.* L'analyse des fonctions narratives des cartes de divination avait fait l'objet d'une première étude dans des écrits de M.I. Lekomtseva et B.A. Uspenski, *La Cartomancie comme système sémiotique,* et B.F. Egorov, *Les Systèmes sémiotiques simples et les Typologies des enchaînements* [1]. Mais je ne peux pas dire que mon travail se soutienne de l'apport méthodologique de ces recherches. J'en ai

1. Traduction italienne dans *I sistemi di segni e lo strutturalismo sovietico,* a cura di Remo Faccani e Umberto Eco, Bompiani, Milan, 1969.

par-dessus tout retenu l'idée que la signification de chaque carte dépend de la place qu'elle prend relativement aux autres cartes qui la précèdent et qui la suivent ; partant de cette idée, j'ai procédé de façon autonome, selon les exigences internes de mon texte.

Quant à la très vaste littérature sur la cartomancie et sur l'interprétation symbolique des tarots, bien que j'en aie pris évidemment connaissance, je ne pense pas qu'elle ait eu beaucoup d'influence sur mon travail. Je me suis par-dessus tout appliqué à regarder les tarots avec attention, comme quelqu'un qui ne sait pas ce qu'ils représentent, et à en tirer des suggestions, des associations, pour les interpréter selon une iconologie imaginaire.

J'ai commencé avec les tarots de Marseille, en cherchant à les disposer de manière qu'ils constituent comme les scènes successives d'un récit pictographique. Quand les cartes posées côte à côte au hasard me donnaient une histoire dans laquelle je reconnaissais un sens, je me mettais à l'écrire ; j'accumulai de la sorte quantité de matériel ; je peux dire qu'une grande part de *la Taverne des destins croisés* a été écrite dans cette phase ; mais je ne réussissais pas à disposer les cartes selon un ordre qui contînt et commandât la pluralité des récits ; je changeais continuellement les règles du jeu, la structure générale et les solutions narratives.

J'allais renoncer, quand l'éditeur Franco Maria Ricci me proposa d'écrire un texte sur les tarots Visconti. Au départ, je pensais utiliser les pages que j'avais déjà écrites, mais je me rendis tout de suite compte que le monde des miniatures du Quattrocento était complètement différent de celui des gravures populaires de Marseille. Non seulement certains arcanes étaient autrement figurés (*La Force* était un homme, il y avait une femme dans *Le Chariot*, *L'Étoile* n'était plus nue mais habillée), au point de

transformer radicalement les situations narratives
correspondantes, mais aussi ces figures supposaient
une société différente, une autre sensibilité et un
autre langage. La référence littéraire qui me vint
spontanément à l'esprit fut le *Roland furieux* ; même
si les miniatures de Bonifacio Bembo précédaient de
presque un siècle le poème de l'Arioste, elles pouvaient représenter très bien le monde visuel dans
lequel l'imagination du poète s'était constituée. J'es-
sayai aussitôt de composer, avec les tarots Visconti,
des séquences inspirées du *Roland furieux* ; il me fut
facile de construire de cette façon la croix centrale des
récits de mon « carré magique ». Il suffisait qu'autour
prennent forme d'autres histoires qui se croisaient
entre elles, et ainsi j'obtins une sorte de mots croisés
faits de figures au lieu de lettres, où en plus chaque
séquence peut se lire dans les deux sens. En une
semaine, le texte du *Château des destins croisés* (non
plus *la Taverne*) était prêt à être publié dans la
luxueuse édition à quoi il était destiné.

Sous cette couverture, *le Château* rencontra l'ac-
cord de quelques écrivains et critiques d'esprit com-
plice, il fut analysé avec la rigueur du scientifique
dans de savantes revues internationales par des cher-
cheurs comme Maria Corti (dans une revue qui se
publie à la Haye, *Semiotica* n. VII, 1973, fasc. 1) et
Gérard Genot (*Critique,* 303-304, août-septembre
1972) ; le romancier américain John Barth en parla
dans ses cours de l'université de Buffalo. Cet accueil
m'encourageait à tenter de republier mon texte sous
la couverture habituelle de mes autres livres, en le
rendant autonome des planches en couleurs du livre
d'art.

Mais d'abord, je voulais compléter *la Taverne* pour
la joindre au *Château* ; les tarots populaires en effet,
outre qu'ils se reproduisaient mieux en noir et blanc,
étaient riches de suggestions narratives que je n'avais
pas pu développer dans *le Château*. En premier lieu,

je devais reconstruire avec les tarots de Marseille cette espèce de *container* des récits croisés que j'avais fabriqué pour les tarots Visconti. Mais c'était cette opération-là qui ne me réussissait pas : je voulais partir de quelques histoires que les cartes m'avaient suggérées au début, auxquelles j'avais attribué certaines significations, que j'avais enfin déjà écrites en grande partie, et je ne parvenais pas à les faire entrer dans un plan unitaire, et plus je m'y efforçais plus ces histoires se compliquaient, et chacune accaparait un nombre toujours plus grand de cartes, les contestant ainsi aux autres histoires, auxquelles pourtant je ne voulais pas renoncer. Je passais de cette façon des jours entiers à défaire et refaire mon puzzle, j'imaginais de nouvelles règles de jeu, je dessinais des centaines de plans, en carré, en losange, en étoile : il y avait toujours des cartes essentielles qui restaient inutilisées et des cartes superflues qui se trouvaient en plein milieu, et les plans devenaient tellement compliqués (allant même jusqu'à requérir une troisième dimension, sous forme de cubes, de polyèdres) que je m'y perdais tout le premier.

Pour sortir de l'impasse, je laissais tomber les plans et me remettais à écrire les histoires qui avaient déjà pris forme, sans me préoccuper de savoir si elles trouveraient ou non une place dans le réseau des autres histoires ; mais je sentais que le jeu n'avait de sens qu'à suivre des règles de fer ; il fallait une nécessité générale de construction, qui conditionne l'imbrication de chaque histoire dans les autres, ou bien tout cela était gratuit.

J'avais en ce temps-là pris connaissance des activités de l'Ou.li.po. (Ouvroir de littérature potentielle) fondé par Raymond Queneau et François Le Lionnais. Je partageais avec l'Ou.li.po plusieurs idées et prédilections : l'importance des contraintes dans l'œuvre littéraire, l'application méticuleuse des règles du jeu très strictes, le recours aux procédés combinatoires, la création d'œuvres nouvelles en utilisant des matériaux préexistants. L'Ou.li.po. n'admet que des opérations conduites avec rigueur, dans la confiance que la valeur poétique peut se dégager de structures extrêmement contraignantes. Le sens de mon travail, me disais-je, était ce qui lui imposait le schéma. Comme pour *le Château*, je devais d'abord construire pour *la Taverne* une structure simple et régulière.

Pour ajouter à la difficulté, les histoires que je parvenais à composer visuellement en disposant les cartes l'une après l'autre ne donnaient pas forcément de bons résultats quand je me mettais à les écrire ; il y en avait qui ne déclenchaient rien dans l'écriture et que je devais abandonner si je ne voulais pas casser la tenue du texte ; il y en avait d'autres au contraire qui passaient l'épreuve avec succès et acquéraient aussitôt la force de cohésion de la parole écrite, quand une fois écrite il n'est plus question d'y rien changer. Résultat : lorsque je recommençais à étaler mes cartes en fonction des nouveaux textes que j'avais écrits, les contraintes et empêchements dont je devais tenir compte avaient encore augmenté.

A ces difficultés dans les opérations pictographiques et fabulatrices s'en ajoutaient d'autres, d'orchestration stylistique. J'avais compris qu'à côté du *Château, la Taverne* n'aurait de sens que si le langage des deux textes reproduisait la différence de style figuratif entre les miniatures raffinées de la Renaissance et la gravure grossière des tarots de Marseille. Je me proposais par conséquent d'abaisser la matière verbale au niveau d'un gargouillis de somnambule. Mais lorsque je tentais de réécrire dans cet autre code des pages sur quoi s'était agglutinée toute une enveloppe de références littéraires, celles-ci résistaient et me bloquaient.

A plusieurs reprises, séparées par des intervalles plus ou moins longs, au cours de ces dernières années, je me réintroduisis dans ce labyrinthe qui aussitôt

m'occupait tout entier. Est-ce que je devenais fou ?
Était-ce l'influence pernicieuse de ces images mysté-
rieuses qui ne se laissaient pas manipuler impunément ? Ou bien le vertige des grands nombres, tel
qu'il se dégage de toutes les opérations combinatoires ? Chaque fois, je décidais d'abandonner, de tout
planter là, je m'occupais d'autre chose : il était
absurde de perdre davantage de temps dans une
opération dont j'avais déjà exploré les possibilités
implicites et qui n'avait de sens que comme hypothèse
théorique.

Quelques mois passaient, ou même une année, sans
que j'y pense ; et tout d'un coup, l'idée me traversait
que je pouvais y revenir d'une autre façon, plus
simple, plus rapide, et que la réussite était certaine. Je
recommençais à faire des plans, à les corriger, à les
compliquer : de nouveau je m'enfonçais dans ces
sables mouvants, et m'enfermais dans une obsession
maniaque. Certaines nuits je me réveillais pour courir
noter une correction décisive, qui ensuite entraînait
une chaîne interminable de modifications. D'autres
fois, je me couchais avec le soulagement d'avoir
trouvé la formule parfaite ; et le matin, à peine levé,
je la mettais au panier.

La Taverne des destins croisés telle que pour finir
elle vit le jour est le fruit de cette genèse tourmentée.
Le tableau, avec ses 78 cartes, que je donne pour le
plan général de *la Taverne* n'a pas la rigueur de celui
du *Château* ; les « narrateurs » ne procèdent pas en
ligne droite ni selon des parcours réguliers ; il y a des
cartes qui interviennent dans tous les récits, et plusieurs fois dans un seul récit. De même exactement, le
texte écrit peut être dit l'archive de matériaux accu-
mulés peu à peu, à travers des couches successives
d'interprétations iconologiques, d'humeurs, d'intentions idéologiques, de choix stylistiques. Si je me
décide à publier *la Taverne des destins croisés*, c'est
avant tout pour m'en libérer. Aujourd'hui encore,

alors que le livre est en épreuves, je continue de le
retoucher, de le démonter, de le récrire. C'est seulement lorsque ce volume aura été fabriqué que j'en
serai sorti une fois pour toutes ; du moins je l'espère.

Je veux encore dire que pendant un temps, dans
mes projets, ce volume aurait dû contenir non pas
deux, mais trois textes. Où trouver un troisième jeu
de tarots, suffisamment différent des deux premiers ?
A un certain moment, j'avais été pris d'un sentiment
de lassitude à l'égard de la fréquentation prolongée
de ce répertoire iconographique médiéval et renais-
sant qui obligeait mon discours à se dérouler toujours
sur les mêmes rails. J'éprouvai le besoin de créer un
contraste brutal, en reprenant une opération analo-
gue avec du matériel figuratif moderne. Mais quel est
l'équivalent contemporain des tarots, comme représentation de l'inconscient collectif ? Je pensai aux
bandes dessinées : pas aux histoires pour faire rire ;
aux séries dramatiques, bandes d'aventures et
d'épouvante : avec gangsters, femmes terrorisées,
astronefs, vamps, guerre aérienne, savants fous.
J'imaginais de placer à côté de *la Taverne* et du
Château, dans un cadre semblable, *le Motel des
destins croisés*. Quelques personnages qui ont
échappé à une mystérieuse catastrophe trouvent
refuge dans un motel à demi détruit, où n'est restée
qu'une page roussie de journal : la page des bandes
dessinées. Les survivants, qui ont perdu la parole
tellement ils ont eu peur, racontent leurs histoires à
l'aide des vignettes, mais sans suivre l'ordre de
chaque *strip* : en passant d'un *strip* à l'autre, selon des
colonnes verticales ou diagonales. Je ne suis pas allé
plus loin que la formulation de l'idée telle que je viens
de l'exposer. Il était temps de passer à autre chose.
J'ai toujours aimé faire varier mes parcours.

Octobre 1973.

Table

Le château des destins croisés

La taverne des destins croisés

Du même auteur

AUX ÉDITIONS DU SEUIL

Le Baron perché, 1960
coll. «Points Roman», n° 10

Le Chevalier inexistant, 1962
coll. «Points Roman», n° 131

Aventures, 1964
nouvelles

La Journée d'un scrutateur, 1966

Cosmicomics, 1968
coll. «Points Roman», n° 320

Temps zéro, 1970

Les Villes invisibles, 1974
coll. «Points Roman», n° 162

Le Château des destins croisés, 1976

Si par une nuit d'hiver un voyageur, 1981
coll. «Points Roman», n° 81

La Machine littérature, 1984
essais

Palomar, 1985
coll. «Points Roman», n° 253

Collection de sable, 1986

Sous le soleil jaguar, 1990

CHEZ ALBIN MICHEL

Le Vicomte pourfendu, 1955

CHEZ GALLIMARD

Leçons américaines, 1989

CHEZ JULLIARD

Le Sentier des nids d'araignées, 1978
Marcovaldo, 1979

IMPRIMERIE HÉRISSEY À ÉVREUX (5-90)
DÉPÔT LÉGAL FÉVRIER 1985. Nº 8642-4 (51441)

Collection Points

SÉRIE ROMAN

Collection Points